AF607577

VÉRTIGO DE MALABARES

Gnomon es una colección de Ediciones Doce Calles
dedicada a textos literarios

EDICIONES DOCE CALLES
Apdo. 270 Aranjuez 28300 (Madrid)
Tel.: (+34) 91 892 2234
www. docecalles.com
docecalles@docecalles.com

ISBN: 978-84-9744-493-4
Depósito legal: M-26521-2024

Impreso en España. *Printed in Spain*

Giovanna Benedetti

VÉRTIGO DE MALABARES

ÍNDICE

A mis nietos, Fabián, James, Lucas,
Sophie y Oliver

¿Por qué hablamos del mundo exterior?
¿Exterior a qué?

Ludwig Wittgenstein

EN EL DESLIZ DE LOS CUENTOS

Hay habitáculos
—como éste—
de los que nadie se acuerda.
Trasteros desmontonados
en el desliz de los cuentos.

Rincón de las cosas que ya no son
Giovanna Benedetti.

Ciertamente hay habitáculos —como los prólogos—, de los que nadie debe acordarse, trasteros desmontonados cuya única utilidad es dar cuenta del asombro de quien lo escribe y ser pórtico para el desliz que comparte con el lector que, en apenas unas pocas líneas, terminará atraído con elegancia, y casi al descuido, hasta el centro de unas historias cuyo fin último no es otro que sumergirnos en una belleza desgarradora para confrontarnos con espacios del alma que quizás desconocíamos de nosotros mismos.

Giovanna Benedetti es una de las escritoras panameñas más completas y mejor dotadas para el oficio de escribir, que complementa y enriquece con su faceta de pintora y escultora. La perspectiva, el volumen, la atmósfera (entendida como temperatura del relato), o el cromatismo psicológico de los personajes, son apenas unos de los pocos elementos que podemos mencionar que su arte pictórico y escultórico aportan a la escritura de estos cuentos, a lo que hay que sumar su honda musicalidad poética y su inteligente uso de los recursos figurativos y metafóricos para mantenernos en el desliz, en el vértigo de sus ficciones.

Los cuentos de *La lluvia sobre el fuego*, libro galardonado con el Premio Nacional de Literatura Ricardo Miró en 1981, es una colección de malabares narrativos de una precisión brillante. Cuentos a los que no les sobra nada, y que calificarlos de redondos es poco: son cuentos matemáticos, porque la aritmética que siguen no admite trampas. Restes, sumes, multipliques o dividas, el resultado es el exacto, así son estos cuentos, que además tienen la virtud de explorar distintos géneros, donde lo fantástico, lo terrorífico, lo romántico, lo «cortazariano», en una palabra, palpitan bajo estas historias. *El notario*, por mencionar uno solo de estos cuentos prodigiosos, es una suerte de *Casa tomada*, de Julio Cortázar, aplicado a la vida de una persona. Un cuento brillante, aleccionador y perturbador a un tiempo.

En 2016, Giovanna Benedetti, fiel a su poesía (que pueden leer reunida bajo el título Después de los objetos, Doce calles, 2017), regresa por la puerta grande al cuento, y lo hace volviendo a ganar el Premio Nacional de Literatura Ricardo Miró, con un libro ya clásico de las letras panameñas, *Vértigo de malabares*, en los que su desafío al lector, su «desliz» para atraerlos hacia el vértigo, se redobla con una audacia «endiablada», como dijo en una ocasión otro grande de las letras panameñas, Ernesto Endara. Un libro que desafía las emociones del lector y lo coloca en situaciones límite, utilizando recursos narrativos, casi cinematográficos, como en el cuento *Bálsamo de pantera* o *La suerte de Ulises*, que tiene una luz muy *noir*, o la belleza de circo que es *Vértigo de malabares*, que nos remite a las escenas luminosas de la película *El mayor espectáculo del mundo*.

Y la voz, la voz menuda y profunda de su autora, su singular manera de narrarnos lo cotidiano, su manera de acomodar ante el lector temas como la mujer, la violencia, la venganza, el amor o el misterio, dotados todos ellos de una belleza poética que se nota en la selección minuciosa de cada palabra que ilumina la historia que construye. En cada uno de estos cuentos asistimos a la posibilidad de ver por dentro las emociones que pretende pulsar en nosotros, sus lectores.

Conocí a Giovanna Benedetti en Madrid, en una cafetería cerca de la Plaza de los Cubos. Desde su atalaya poética, desde su oficio bien transitado, con la voz cargada de experiencia y belleza, me señaló un camino fundamental: el de la lectura de la tradición propia, me mostró que se escribe desde lo escrito por los propios, que la lectura es un compromiso, es otra forma de búsqueda y de escritura irrenunciable, y para quien quiera abrazar el oficio de escribir con conocimiento de causa, una pasión impostergable.

Todo lo dicho —este «habitáculo» lleno de luces sobre la escritura de Giovanna Benedetti—, no pretende más que ser una invitación. Tras todo este grueso parapeto de idas y venidas sobre el oficio de escribir crepita, como un fuego mayor, una sugerente invitación a leer en este solo y hermoso volumen los cuentos de una escritora sorprendente y brillante, que nos dejará un cosquilleo en los párpados de nuestra lectura y un mareo estético de un sabor conocido en nuestro paladar lector: el sabor de las buenas historias, el dulzor de la gran literatura.

Pedro Crenes Castro.
Otoño de 2023.

LA MARIONETA BLANCA

Había algo muy equivocado en esa manera que tenía Solange de mirar las cosas. Te hacía sentir muy incómodo y al cabo te desconcertaba. Y no era que su comportamiento fuese en sí desagradable. Nada de eso. Era que, sin darte cuenta, ella te convertía en testigo de su raro parpadeo. De un parpadeo tan irresistible que la hacía concentrar en un guiño la voracidad de sus pupilas.

La primera vez que la vi fue desde el balcón de mi casa una noche después de la lluvia. La luna apenas menguaba y me alcanzó para vislumbrarla en el más inusual de los sitios: la horqueta de un viejo árbol que se ahuecaba excediendo el muro que hacía de cerco a un vertedero lleno de escoria, basura y restos. Vaya, me dije (tirándomelas de indulgente): cada quien que asiente sus ancas donde mejor le entretenga. Pero confieso que cuanto más la miraba, maravillado y sin disimulo, menos entendía cómo aquella diminuta mujer, vestida de punta en blanco, había conseguido encaramarse en semejantes alturas. Me enterneció verla allí sentada, en esa postura contemplativa, como si se estuviese chupando en seco aquel reguero de desperdicios; y aunque no se me ocurrió llevar la cuenta de lo que aguantó entre esas ramas, sí que recuerdo que me asomé varias veces y que ella seguía imperturbada. Y es que el morbo me podía —¡lo confieso y faltaba más!—. No me iba yo a perder el fenómeno: el temblequeo titilante que tenía esa mujer en el cuerpo. Podía notar cómo se zarandeaba, cómo hundía la cabeza en los hombros, cómo meneaba sin parar el rostro y movía las extremidades como un polichinela. Supongo que la luz polvorienta que caía en rayos de la luna ayudaba a fabricar esa imagen; pero aún así tuve la impresión brutal de que algo escapaba al efecto, y pensé a la larga que las palabras "marioneta" y "muy blanca" servían acaso para describirla, mientras no se me ocurriesen otras que le ajustaran mejor.

El encuentro número dos ocurrió también de noche, pero esa vez fue más cercano y había desde luego más luz. Íbamos por la misma acera, ella bajaba y yo subía, así es que la vi de frente en el momento en que nos cruzamos: tenía la piel muy clara, prácticamente incolora y una melena rubísima que no parecía estar pintada. Conjeturé que podría ser albina, pero recordé que los albinos tienen siempre el iris pálido, de un color celeste líquido, y que esos ojazos redondos eran más bien ambarinos, amarillentos, prácticamente dorados, abiertos como dos fanales en un corazón de alabastro.

Cuando sucedió el tercer encuentro yo ya le había puesto nombre: "la marioneta blanca". No sé si porque soy ilustrador gráfico, o porque desde niño los títeres, las marionetas y las pantomimas me provocan una impresión ambigua de atracción y de rechazo: como de pánico y ternura al mismo tiempo. En fin —y por la razón que fuera —, la sensación que esa mujer propagaba era la de una figurita de guiñol, un polichinela.

Con el tercer encuentro, lo admito, me puse atrevidísimo. Le seguí los pasos hasta el terraplén, y cuando alcanzó la horqueta del muro supuse que se subiría; pero no, la marioneta blanca se fue directo al vertedero, y yo me fui a su zaga sin que ella se diera cuenta. La vi hurgar entre la maleza, escarbar trastos, cosas viejas. Se desplazaba a saltitos por aquel basurero entre breñas. Daba la vuelta, observaba, volvía a agacharse y se erguía; parecía buscar ciertas cosas que iba encontrando aquí y allá: un portarretratos desvencijado, una botellita de vidrio, el esqueleto de un paraguas, una percha, una gaveta, la cabeza de una muñeca de caucho, una sartén quemada, un mosaico, un recipiente de chapa... y se empeñaba luego en acomodarlos (con cuidado, hasta con cierto mimo) sobre el dintel de piedras tumbadas de un arruinado tabique.

Entonces parecía procesarlos —digo yo— a punto fijo, y se embebía golosa repasando uno tras otro aquellos chismes. Los enfocaba a secas y se les quedaba mirando... mirando con ojos sin guiño, inflando y desinflando el pecho, sacudiéndose como un títere desbalanceado y sin hilos, con aquel rostro blanquísimo en forma de corazón, encajado en mitad de los hombros.

Y cuando aquel festín de avíos pareció alcanzar su clímax, yo la vi sacudirse el lomo, encorvar la cabeza en la nuca, recular para hacer distancia y luego echarse enseguida en volandas, tremenda, sobre aquella hilera servida, arrojándolo todo en el suelo.

II

Fue la portera quien me contó que la *marioneta blanca* se llamaba *Solange*. "Solange... no sé qué" —me dijo— revelándome que pensaba que era enfermera, médica o algo por el estilo, porque andaba siempre de blanco; que solamente llevaba dos semanas viviendo en el edificio, que su apartamento quedaba en la misma planta que el mío (de hecho en la puerta de enfrente), que ambos compartíamos el tendedero, y que cómo era que yo no me había dado cuenta, si todas las ventanas interiores, incluyendo la de la cocina, daban frente con frente.

La verdad es que me impresionó (y no sin su dosis de morbo) saber que vivíamos tan cerca. La pequeña marioneta blanca, que ahora se llamaba Solange, con su pinta de chiquilla gótica, su pelo flechudo y pálido, esos ojillos noctívagos de rarísimo resplandor, me traía ya mordido el seso desde que la observé por primera vez muy sentadita y compuesta en la horqueta del árbol del muro; pero no fue sino hasta que la vi llenándose la mirada de trastos viejos, atragantándose las pupilas en aquel vertedero vecino, que había terminado de volarme de lleno la cabeza.

Así que tenía por vecina a una señorita *rara*. ¿Qué tan "rarita" sería? Preferí tomarlo con calma. "Es mejor ser prudente". Me dije. No fuera yo, por ligero, a pecar de partida de "excéntrico" ni mucho menos a prejuiciar demasiado aquel momento. Después de todo —convine— cualquiera entiende que en ciertos casos las nociones de lo que es "normal" y lo que es "extraordinario" dejan de ser precisas y pasan a ser tan relativas como *arriba* y *abajo*, *delante* y *detrás*, *aquí* y *allá*... En fin, ya veríamos. De momento, estaba todavía en el proceso de asimilar la realidad de que ocupábamos la misma planta, y de que la parte interior de nuestros apartamentos compartía un patio común, de tal manera que las cocinas, los tendederos y las habitaciones traseras, se miraban entre sí. Mis ventanas tenían persianas, e incluso cortinas, pero por alguna razón las de ella no, y me preguntaba por qué no habría colgado todavía unos cuantos trapos para ocultar la vista. "Bueno, allá ella", pensé, interpretándolo como una invitación personal al fisgoneo.

Invitación que me tomé. ¿Y por qué no? A fin de cuentas me picaba la curiosidad por todo el cuerpo. Quería saber más de ella: quién era, a qué se dedicaba, por qué diablos hacía lo que yo imaginaba que hacía... (si es que acaso lo hacía). Pero lo cierto es que me lo estaba poniendo difícil la señorita Solange. Yo, el fisgón, por más que me empeñaba en llevar a cabo mi labor de fisgoneo, no lograba obtener ningún resultado digno de recordación. Y eso que mi oficio de diseñador gráfico me permitía trabajar desde casa, o lo que es lo mismo: a pesar de que contaba con el tiempo, la indiscreción y las ganas. Lo único cierto es que al cabo de medio mes de empeño, todo lo que había alcanzado a deducir era que Solange vivía sola, que era una criatura noctámbula y que no atendía ningún horario regular fuera de casa. Vamos, lo mismo que yo.

Hasta que todo cambió...

III

Un ruido me arrancó del sueño y me acerqué a la cocina a beber un vaso de agua. Envuelta en una sábana, con las mechas de sus pelos blancos parados en pico por toda la cabeza, vi a Solange en la ventana de enfrente sentada encima de la mesa, acurrucada. Le temblaba todo el cuerpo. Salí al balconcito del tendedero. En lo alto del patio interior, la cara llena de la luna aparecía tan sombreada que resultaba como espolvoreada por un montón de manchitas. Un efecto de conjunto muy notable. Lograba distinguir tal vez un metro detrás de la ventana pero a partir de ahí mi vista no avanzaba. No sabía si sus ojos me enfocaban o si miraba otra cosa en concreto. Lo único que captaba era que el contorno de su figura era bastante disparejo y que sus hombros parecían ascender y descender de forma pausada pero con grandes sacudidas.

La saludé con la cabeza y levantando un poco la mano, pero ella no se inmutó; sin embargo —y cosa rara— nos quedamos enfrentados en la oscuridad durante un rato, pero mientras que a mis pupilas les costaba adaptarse a la negrura, yo podía sentir las suyas alrededor de mi cuerpo. Era como si esa agitación insufrible se superpusiera como una pantalla, sobre aquellos ojos llenos de chispas que me habían encandilado vidriosos en nuestros encuentros anteriores. Y repasé de nuevo, entre embebecimiento y alarma, la noche en la que aquella marioneta blanca correteaba por el vertedero como si se estuviese comiendo los objetos con la vista.

Algo pasó en algún momento, cuando la luz de la luna cambió y todo empezó a ondularse. Percibí cómo se iban desplegando, en el trazo de sus alrededores, una variedad de círculos concéntricos, iridiscentes y agudos, que parecían luego encogerse en un resplandor borroso que me obligaba a pestañear rápidamente y sin control. Ella también parpadeaba, y lo hacía con precipitación, hasta que se interrumpió levantando la mano, como quien espera dar una orden de partida, y se dio la vuelta. Me resultaba chocante pero no podía apartar la vista. Mis propios ojos estaban fuera de control y parpadeaban, parpadeaban, parpadeaban.

En una página de internet yo había encontrado algo que decía más o menos así: "¿Alguna vez te has topado con una persona que por más que le dabas explicaciones, su mirada se sentía 'vacía' de entendimiento? Faltaba ese ´algo´ que no podemos definir, pero sabemos que está ahí: Nuestro interlocutor no nos ha entendido en lo más mínimo, o al menos en gran parte. ¿Cómo podemos detectar esta situación? ¿Existirá un gesto que nos ayude a determinar si nos entendieron o no? Afortunadamente sí lo hay: parpadear. Parpadear equivale a comprender. Si no parpadeamos vemos, pero no entendemos..."

(¿Parpadeo, luego comprendo?)

Al día siguiente sucedió algo que no sé si lograré contar bien, porque es inexplicable. Venía yo caminando desde el supermercado a mi casa, mirando como de costumbre los escaparates en la avenida, cuando tomé conciencia de que no *comprendía* los objetos que se exhibían tras los cristales; es decir la mayoría de las cosas pasaban sin matices diferenciales frente a mis sentidos. Los observaba pero no alcanzaba a distinguirlos, no me llegaba su significado convencional. Todo eso en lo que pensamos cuando miramos un par de zapatos: un cierto estilo, la moda, el material de que están hechos, si son de piel, de tela, de plástico; si nos parecen cómodos, si los habría en nuestra talla... en fin, ese tipo de apreciaciones específicas se había evaporado de mi percepción sin dejar en su lugar más que una secuencia deshilachada y difusa, de la misma manera que cuando de niños jugábamos a repetir una misma palabra como una cantilena, hasta que no quedaba sino un mero sonido fragmentado: *zapatos, papatos, patos, atos.* Algo parecido era lo que me pasaba; mi mente estaba acelerando las formas hasta perder los conceptos: los muebles, la comida, los vestidos, los libros, los electrodomésticos, los juguetes, la gente... La agnosia continuó al llegar a casa. Era como si un corto circuito me hubiese fracturado el sistema perceptivo. Fui a verme en el espejo y me invadió el desamparo de un enfermo de Alzheimer. Había olvidado mi semblante, mis rasgos, el contorno de mi cuerpo, la ruta regular de los espacios y las cosas: la mesa, el sofá, los libreros, las persianas, la taza de té verde junto al teléfono inalámbrico, la libreta de dibujo, los lápices, la computadora, mis cuadros, el frasco de antistamínicos... Di de pronto con la cama y me tiré vestido en ella con la esperanza de que el sueño me devolviera a la normalidad.

Entrada la madrugada, al abrir los ojos, me sentí como un sobreviviente cuando pude confirmar que los circuitos de mi mente se habían regenerado devolviéndole a cada cosa su propia identidad. Necesitaba, no obstante, vencer todavía una cierta sensación de obstáculo en mi interior. No estaba ni siquiera seguro de lo que era, así que me fui a la cocina, me hice un sándwich y me mantuve allí sentado en la oscuridad atormentándome la conciencia. De hecho no me apetecía levantarme, pero cuando escuché que Solange, al otro lado del patio, pronunció mi nombre (era la primera vez que le oía la voz), me levanté como un resorte y me asomé al tendedero para devolverle el saludo, darle las buenas noches, hacerle saber que no me sentía bien y que me regresaba enseguida a la cama. Ella, por su parte, me dijo muchas más cosas, pero a decir verdad, no la entendí. Supuse que me estaba quedando dormido, pues parecía estarme hablando en un idioma para mí desconocido y con una ausencia total de entonación. Otra vez me despedí de ella y salí de la cocina, pero al pasar por la puerta de la habitación trasera rumbo a mi dormitorio, la vi que se había parado justo enfrente de esa otra ventana y que un resplandor difuso perfilaba su contorno. Solange abría la boca, parecía estar hablándome sin emitir sonidos, como si fuera el personaje de una película muda, moviendo las mandíbulas con todos los gestos precisos de quien está diciendo un largo parlamento.

Sentía los ojos resecos, los párpados pesados y pensé en lo que había estado leyendo sobre la falta de parpadeo. ¿Era eso lo que me estaba sucediendo, lo que me había ocurrido el día anterior... que había dejado de parpadear? ¿Y por qué tenía la impresión de que Solange, mi vecina, tenía algo que ver con esa disfunción visual?

Y he aquí lo más extraordinario: No parecía haber lámpara alguna encendida y sin embargo se le perfilaba todo el contorno del cuerpo, mientras se movía por aquella habitación sin más luz que la de la luna. Quedé fascinado. Parpadeo o no parpadeo, aquello no era natural, parecía una escena cinematográfica: un montaje de película. No podía dejar de observar también cómo todas las cosas que ella tocaba, o enfocaba con la vista, se iban iluminando igualmente a su alrededor. La realidad es que era incongruente más que extraordinario. ¿Cómo podía ser que sin iluminación yo podía ver a Solange desde mi ventana trasera brillando como una bombilla? No me quedó más remedio que aceptarlo: esa mujer no sólo se "comía los objetos con los ojos", *también emitía luz.*

Mientras yo me quedaba paralizado sin poder reaccionar, Solange estaba que no paraba de un lado para el otro. La habitación parecía estar atestada de cosas casuales: muñecas, juguetes, cuadros... trastes y cachivaches acumulados por todas partes. Pude ver al menos tres carteles de cine de los años cincuenta, una caja repleta de grandes rollos de celuloide; revistas —montones de ellas—, esferas metálicas, de cristal, de plástico, mapamundis, lámparas, figurillas de porcelana, viejas cámaras fotográficas, bultos y maletines esparcidos por el suelo o apilados ente las baldas de una fila de repisas...

Situada casi al margen de mi línea de visión, alcanzaba a verle el rostro a la marioneta blanca, con su pequeña boca entreabierta y los labios en movimiento como si mascullara. Ella alumbró con sus ojos una excelente reproducción enmarcada de uno de los arlequines de Picasso, y yo me pregunté por qué Solange me había elegido a mí como cómplice de su juego. Era la primera vez que esa pregunta me cruzaba la cabeza, y no me gustaban para nada las potenciales respuestas. Me había creado a mí mismo una trampa. Una perfecta celada, y lo peor es que hasta me había divertido a conciencia destruyendo el mapa. Por lo general, uno siempre se esfuerza por parecerse a su mejor imagen. Pues, en ese momento, yo no. Cuántas cosas me estaba perdiendo del mundo, de mi vida diaria. Soy una persona gregaria y me lastimaba la ausencia de todas aquellas relaciones de las que huía por la tentación de una proximidad imaginaria que me hacía darme la espalda a mí mismo. Había despachado con prisas buena parte de mi trabajo y ya ni siquiera recordaba la mecánica de mis ocupaciones. No diseñaba ni un trazo. No graficaba un sólo píxel. A cambio, y porque me lo pedían los dedos, me ponía a dibujar a Solange, sólo a ella. La miraba desde el balcón de la terraza cuando estaba en su lugar favorito, el de la horqueta quemada por el rayo, para enseguida (y eso me mosqueaba) darme cuenta que ya estaba arriba, en su apartamento, mostrándome su fluorescencia detrás de las ventanas. Era cosa de locos. Sí... ¡De locos como yo!

Di unos pasos por la habitación. Entré a la sala, salí a la terraza. Sentía a mis espaldas las pupilas de la marioneta blanca. La oía respirar conteniendo el aliento, y hasta se me antojaba percibir aquel silbidito ululante; o de no, el resplandor de sus sombras descubriéndome su piel. Me estaba acobardando, ya lo sé. Sentía que Solange me había arrastrado; o mejor dicho: que yo me había dejado arrastrar, hasta un escenario en el que ella había puesto las luces, el guión y el tinglado y ahora esperaba que yo representase un papel. ¿Qué papel? Lo ignoraba. Pero deducía que debía esperar: como un telón que se levanta, como un timbrazo en la puerta, como una invitación a mirar.

Una mujer a la que ni siguiera conocía, con la que apenas había cruzado un par de palabras en mi vida, había conseguido imponerme una especie de responsabilidad vigilante: estar pendiente de ella. Una responsabilidad que creaba entre ambos un misterioso vínculo que nos separaba del resto y nos colocaba en un sitio común.

¡Qué mujer más rara! —(Qué más podía decir...)

Pero con pensar que Solange era "rara" —incluso *rarísima*— no se ganaba mucho si ella misma seguía allí, en la ventana de enfrente, brillando como una bombilla y mirando a saber qué cosas con sus fantásticas pupilas de cernícalo famélico. Me sentía amenazado, avergonzado, asustado, idiotizado y por encima de todos los "ados", terriblemente obsesionado.

Y es que me pasaba las noches en blanco. Apenas comía. No salía. No dibujaba. No me hablaba con nadie. No había vuelto a digitalizar ni un píxel en las últimas seis semanas. Ni siquiera me había puesto en contacto con la compañía que contrataba mis bien pagados servicios gráficos. Todas las horas de mi día giraban alrededor de Solange. Perseguía a aquella marioneta blanca como un desesperado. Iba de la cocina al balcón, del balcón a la ventana trasera. Entraba y salía a su zaga de una habitación a la otra, dejaba abierta la puerta del tendedero, enrollaba las persianas y las volvía a desenrollar, colgaba ropa, encendía las luces, las apagaba, trastocaba y movía sin propósito mis utensilios de trabajo, canturreaba en voz alta, arrastraba la mesa y me sentaba frente a la ventana, demostrándole en todas las formas que no me estaba intimidado. (¿O sí?) Y cuanto más agudamente me esforzaba por llamar su atención, tanto más atrevida se volvía Solange en sus modales, permitiéndome seguirle la pista tras el telón de sus aposentos y ante la impavidez de su mirada. Porque Solange seguía mirándome. Seguía mirándome...

IV

Una madrugada lluviosa, abandonándome a una suerte de vértigo me volví de golpe hacia ella y le pedí que me dejara tranquilo, que quién se había creído que era para dislocarme mi entorno así...

¿Por qué lo hice? ¿Debí ser más prudente? ¿Más sincero? Después de todo: ¿quién perseguía a quién? No lo sé. Supongo que tendría también que haber previsto las consecuencias de mi desafuero, pues aquella chiflada seguía mirándome, si, pero las pupilas que antes parecían esperar algo tremendo ahora se habían hecho añicos. Solange lloraba. Lloraba con los blancos brazos recogidos sobre el regazo, como dos alas caídas. Lloraba retorciéndose encima de la mesa de su cocina. Lloraba y no dejaba de mirarme desde el otro lado del patio interior.

Eran suspiros silbantes los que parecían surgir de sus entrañas. Y había también una especie de cadencia en esa manera suya de sollozar. Un sonido corto e impetuoso acompañado de otro más liviano, más tranquilo, como un mochuelo ululando en el fondo de un matorral. Recuerdo que esos dos sonidos (uno acompasado y otro arisco) se fueron repitiendo de forma alternativa por mucho más de una hora. Entre ellos se intercalaba, y para ahondar más mi desconcierto, una sinuosa cancioncilla, casi como una letanía, que me llevó a creer que todo era parte de una ceremonia ocultista, de un montaje, con algún significado ritual (y a saber si no era yo la víctima propiciatoria).

En el contexto de aquellos desbalances (y expiaciones a mi costa) hubo —recuerdo—, una noche especial en que me sentí tremendamente vulnerable. Temí que el efecto de su mirada no solo conseguía despojarme de todas mis vestimentas, sino que de hecho pretendía conquistar mis músculos, mis vísceras y mis nervios. La insólita idea de que esa mujer, realmente, pudiese estar bebiéndose el "alma" de las cosas con su visión de cernícalo me puso la carne de gallina. Mientras pensaba en ello, detrás del parapeto de unas cortinas, oí como un címbalo su voz:

—En la oscuridad las cosas son más reales —dijo agarrando con una mano sobre el pecho el borde de la blanca toalla con la que se envolvía el cuerpo húmedo, mientras se iba sacudiendo con la otra el pelo—. Pero si me paso demasiado tiempo a oscuras, se me hace duro regresar al sol. Como te habrás dado cuenta, casi no salgo de día. No tengo suficiente melanina. Pero no, no soy albina, por si acaso te lo piensas.

No me apetece repetir ahora lo que se me ocurrió decirle entonces. (Ya he delatado bastante mi torpeza). Le hice una pregunta válida, pero me equivoqué con las comparaciones. Ella sólo me contestó: "Yo no como gente". Y como si estuviera calibrando la intensidad en un interruptor eléctrico, pude ver cómo el fulgor agudísimo de sus pupilas, con cada parpadeo iba perdiendo fuerza gradualmente... hasta que se apagó....

—Si me haces el favor —me dijo enseguida con serenidad— ¿serías tan amable de darte la vuelta o apartarte de la ventana? Verme desnuda no te resultará tan interesante como piensas.

Cuando le di la espalda escuché que me decía "Gracias"; pero aunque lo intenté, no conseguí expresarle lo que me hubiese gustado agregar. Podía pensar cualquier cosa, por extraño que parezca, pero no podía articular palabra, no me salía la voz. Se me había trancado de tal modo el gollete que casi podía sentir con la lengua el cerrojo de un candado con tres vueltas de llave en el paladar.

Cerré la persiana e intenté imaginar cómo sería la desnudez de una mujer de blancura invernal, con las piernas heladas de escarcha y un par de cerritos nevados por senos; pero el morbo cedió bien pronto a una mezcla de susto y cautela, y me conformé con creer que a pesar de su lividez no sería insensible al tacto, y tal vez ni siquiera fría.

Estaba a mitad de otro bostezo cuando algo empezó a suceder en la ventana de mi dormitorio (que no se abría al patio interior, sino sobre una vereda ajardinada rodeada de altísimas secuoyas). Había llovido toda la tarde y los vidrios empañados seguían desfigurando el paisaje como una acuarela escurrida. Uno de los dibujos con tintas que había hecho de Solange estaba pegado con cinta adhesiva de la puerta de espejo del armario y la conjunción del cristal y la luz lo reflejaba en el vidrio de la ventana. Primero fue una deformación fugaz en la frente, como una ampolla que estallaba. Le apareció otra marca en el hueco de la barbilla, luego otra debajo de un ojo, una más en la nariz y otras dos en los labios. Cada mancha nueva iba acompañada de un golpeteo de la lluvia, una percusión cada vez más trepidante. En el reflejo parecía que a Solange le iban saliendo excrecencias con cada gota que resbalaba. En su cabeza se alzaba, enhiesto, un erizado penacho. Sus piernas se habían encogido y los brazos se abrían como si fueran abanicos. A los pocos segundos parecía que todo el cuerpo se le hubiera cubierto de plumas.

Abrí la ventana, dejé que se me empapara la mano de lluvia y me pasé el agua por la cara restregándome los ojos. Lo inmediato se evaporaba hundiéndome en su propio brillo. Tuve un escalofrío. Dejé la ventana entornada para poder oír la lluvia, que continuaba cayendo con una suavidad uniforme. Seguí escuchando también un silbido en lo alto de las secuoyas, hasta que me quedé dormido y empecé a soñar con las pupilas del ave de rapiña que se alimenta de las cosas, y con esa cara blanquísima con forma de corazón. Soñé con la marioneta blanca. Estaba en mi habitación, de pie junto a mi cama. Solange desató su túnica que resbaló sobre el airón plumado y blanquísimo de sus hombros. Y cuando abrió los brazos...

Desperté, salí al balcón y miré por la ventana. En el jardín, encorvada sobre el suelo, distinguí la silueta blanca de una figura humana que se movía con mucho esfuerzo, emitiendo silbidos entrecortados. Corrí de nuevo a la habitación y me tapé con las mantas. Estaba aterrado. Apenas si había podido vislumbrar sus pupilas entre la niebla, pero pero aún tengo la sensación de que por alguna razón que ignoro, algo desubicó mi conciencia, y de que justo en ese momento miré hacia donde nunca debí mirar.

A la noche siguiente, y como un ladrón, esperé acechando a Solange por la mirilla de mi puerta hasta que salió de su apartamento y bajó por el ascensor. La había visto esconder la llave en un potecito de arcilla colgado justo al lado de su puerta. Fui hasta la terraza, me asomé al balcón y comprobé que, en efecto, en el socavón ya brillaba una luz. No cesaba de repetirme entre dientes y como una letanía: *ahora es cuándo, ahora es cuándo, ahora es cuándo...* ante la necesidad de mantener los niveles de adrenalina acordes con mis temores. Salí, guardé mis llaves en el bolsillo, saqué las de ella del potecito y abrí lentamente la puerta... (*ahora es cuándo, ahora es cuándo, ahora es cuándo...*) y entré de un tumbazo, sí: pero ¿a dónde?

No llegué a ningún vestíbulo, no encontré ninguna cocina que tuviera su ventana, su balconcito con tendedero y su vista sobre el patio enfrente de mi apartamento... Había tan solo un pasillo largo con un fulgor titilante al fondo y me moví hacía allá. Bajo las plantas de mis pies descalzos empecé a sentir alfombras, mosaicos, madera, tierra, lodo, incluso yerba... Un objeto puntiagudo me golpeó en la pantorrilla. Algo más tenue como una membrana suspendida, rozó mi frente en el aire. Empecé a distinguir cosas, muebles: varias estanterías llenas de juguetes. Casas de muñecas, osos de peluches, títeres, polichinelas. Tropecé con baúles repletos de zapatos. Esquivé una vidriera con cerámica de loza. Toqué varios cuencos de arcilla. Eludí, apenas, grandes pilas de papeles viejos, periódicos, revistas, libros despaginados. *Hasta aquí llegué,* me dije horrorizado. Di media vuelta y caminé sobre mis pasos —o eso creí que hacía— porque mi desorientación era completa: las cosas se aproximaban, se dilataban, se convertían en otras cosas que a su vez me cortaban el paso. El corazón me latía con fuerza y la adrenalina erizaba mis nervios. Solo sé que me movía sin rumbo y en cualquiera dirección, y que de alguna manera, no sé, me daba con la puerta en las narices. Entonces salí, devolví la llave ajena al pote y entré temblando a mi apartamento donde esperé a que mis piernas dejaran de moverse.

(¿Y ahora qué?)

Salí al balcón. A lo lejos brillaban, acercándose, un par de lucecitas ambarinas. Las lucecitas se fueron moviendo por entre los arbustos hasta que llegaron al borde de una de las banquetas. Justo debajo de mí. Ambas saltaron a la vez, y se pasearon por el asiento. Luego, de un brinco, se encaramaron en el respaldar y allí se quedaron quietas, perfectamente estabilizadas dentro de la blancura acorazonada del rostro.

Eso que lleva sobre los hombros —pensé—, tiene que ser una estola. Un copete enjoyado de pieles, me dije, pero nada de eso. ¡Eran plumas! Plumas largas, inmaculadas y sedosas, ribeteadas de un espléndido y acicalado airón.

(Eran las alas de un autillo, de una lechuza de campanario).

Alcancé, creo yo, a emitir alguna imprecación —testimonio de mi propio desarreglo y cobardía— y por fin grité su nombre: la llamé, quería bajar, correr tras ella… (pero ya para qué). Los ojos de Solange me miraron con independencia, redondos como platos. Aleteó, giró la cabeza, saltó hasta la horqueta del árbol... y desde allí voló.

VÉRTIGO DE MALABARES

Sólo en el vacío absoluto puede colocarse
absolutamente todo.
Fernando Pessoa

Mecánica. Pura y simple mecánica. Todo lo que sube tiene que bajar. Aitor y Nerea saben que no hay excepción que valga ante la inflexibilidad de esta regla, porque la ley de la concordancia no tiene corazón (no importa lo que digan las etimologías). Cuando estás allá arriba no hay lugar para los sentimientos; debes vaciarte del mundo, asumir tu condición de tránsfuga, reducirte al punto ciego entre lo duro y lo blando, y dejar que todo tu cuerpo se corresponda a sus impulsos; sin espasmos, sin cosquilleo abdominal, sin sudoraciones en la nuca, midiendo de lado a lado la oscilación del trapecio con el vaivén de tus ojos: de izquierda a derecha... de izquierda a derecha... de izquierda a derecha... sin perder jamás la cuenta, porque un volatín de cuerda no puede olvidar el ritmo. Si dice "tres" en lugar de "dos", se mata.

A nueve metros sobre tierra nadie goza en sí mismo del principio de suspensión. Arriba y abajo son dimensiones relativas. En lo alto se encuentra el santuario, la cúpula de los portentos, el gran mirador del mundo hacia la que todo artista del aire debe dirigir sus impulsos —aunque al final sea la caída (ese descenso calculado), lo que en realidad capture la magia de la danza en las alturas—. ¿No es acaso ese doble movimiento: ascender/descender, la clave de todo conjuro? Por cada objeto que sube otro igual debe caer. Y si no que lo digan ellos: Aitor y Nerea, para quienes hoy —literalmente— el mundo se reduce a ese pañuelo de cuatro puntas que ella amarra entre sus tobillos y que él deberá pescar en volandas con la cabeza al revés. Pero el tiempo (ese brutal equilibrista) suele ser también acróbata; y por más que se le desoville, o se le escurra entre colgaduras, siempre habrá de continuar, por su cuenta, dando vueltas... hasta que algún día la pregunta acabe siendo obligatoria: ¿cuándo empieza la cuenta atrás? ¿a los cuarenta? ¿a los cincuenta...?

Tres décadas de malabares dan para muchos vértigos. Aitor lo tiene más claro: el espasmo en la musculatura, el tinitus en los oídos, el fuego en las axilas, la curvatura del cuerpo. A Nerea todavía le seduce el fulgor de las lentejuelas. Y es que antes, mucho antes de despertarse un buen día siendo pareja sentimental; antes de que el columpio les amarrase al tobillo una infinidad de cabos sueltos, y de que su mundo entero acabara siendo un polígono de tres pistas, ellos ya habían aprendido a perpetuar el momento, a despojarse de la rigidez del cuerpo, a abandonar el señorío del suelo y a dejarse caer en volteretas sobre la arena sin red.

Una mañana, casualmente, antes de salir a ensayar en la pista, Aitor le había preguntado: "¿Cambiarías una playa inmensa por la plenitud de este momento?" Pero su mujer le había desmontando la pregunta con una mirada intranquila que no paraba de buscar, con el rabillo del ojo, la punta flexible del látigo que envolvía el poste de amarre. Aitor le lanzó por los aires un enorme aro dorado, y a Nerea se le ocurrió pensar (justo cuando lo atrapaba al vuelo), en una lagartija que se las piraba corriendo sobre la superficie estancada del agua. "Vamos, cariño —animaba zalamero él—: muéstrale al mundo esa tonicidad *neréica* que a todos hipnotiza." Y ella, entregada como siempre, cogía aliento y se encaramaba reptando por la colgadura del brabante, hasta el nudo de la viga donde se columpiaba el gran trapecio. Allí arriba, y una vez que el ángulo de operación establecía sus coordenadas, la pirueta comenzaba a elaborarse a punto fijo: la manivela del impulso, el rebote desplegado, el doble salto mortal, el formidable "arete de la diosa"... con su caída libre de cabeza, hasta destrenzar entre cabriolas la larga maraña de cintas, sobre un Aitor expectante y armado únicamente de sus brazos y sus piernas, que habrá de recogerla al vuelo, sujetándola por los tobillos antes de tocar el suelo. En el puro dominio mecánico del cuerpo, aquello era un compendio de elaboradísimas rutinas. Materia y energía... acción y reacción... cadencia y equilibrio.

Sí... ¿pero hasta cuándo?

Esa era la cuestión. Y es que para un volatinero, el calendario es como una gran losa de granito con patas, que a ratos se camufla y da la impresión de estar situada siempre un poco más allá, donde apenas si hace bulto; y sin embargo se mueve... avanza, sí: eclipsada por la falsa percepción de alejamiento, hasta que un día —un día cualquiera— se te echa encima o te estrellas con su muro. Y si el tiempo definía, infranqueable, sus barreras... no se quedaban a la zaga las nuevas claves de la época. En la última audición, sin ir más lejos, la empresaria no hizo más que bostezar, repantigada en su butaca, mucho más atenta a los emoticones de su infatigable móvil, que al virtuosismo volador de la pareja. Entre bambalinas y telones (inútil ya negarlo) resoplaba un viento intruso de música y luminotécnica, donde ya no parecían encajar las singularidades del oficio.

Entre tanto —como dicen— el espectáculo debe continuar. Antes de salir de casa, Nerea y Aitor se han preocupado, como otras tantas veces, por regar las plantas del balcón; recogieron los restos del almuerzo, asearon el baño y la cocina, dejaron una nota pegada en la puerta del refrigerador con un imán; luego cerraron la puerta del apartamento a sus espaldas, tomaron el autobús a la vuelta de la esquina, y cogidos de la mano, caminaron hasta el emporio de la rutilante feria urbana, donde escucharon, como cada día, el murmullo especioso de las escaleras y volvieron a soportar el ritornelo de "treinta años ya es bastante", antes de entrar al camerino para vestirse de lentejuelas y encarnar sus figuraciones: él como "portor" y ella como "ágil"; conscientes de que allí afuera —sobre el trapecio en las alturas— les espera el único espacio que todavía les pertenece.

La compañía les ha programado una gala de beneficencia y el aforo es completo. La combinación de unas largas telas colgantes y una colorida imagen cinética, empieza ya a estamparse por encima de la cascada de luces. Comienza la música y la luminotécnica se dispara. Nerea y Aitor esperan su turno tras bambalinas. Saben que nada se improvisa en las alturas; que todo lo que sucede allí arriba se encuentra debidamente regulado: cada una de las acrobacias, todos los desafíos, incluso las rutinas más representativas y monótonas. En cualquier momento hay que saber "leer" el gran vacío, aprovechándose de sus propias leyes para arremeterlas en vaivén; algo que sólo se consigue —ellos lo saben— con una enorme disciplina: estableciendo modelos de códigos, dividiendo el espacio en dominios y creando estructuras de referencias donde cada elemento pasa a ser portador de un signo fijo. ¡Y es que los volatines y trapecistas son ante todo criaturas semióticas!

Aitor estira el cuerpo y aprieta con fuerza los párpados. Está intentando nivelar su respiración para no caer en la aberración del vértigo. El *vértigo*, sí: pero no esa turbación de síncope, mezcla de mareo y vahído, que se suele sentir a ratos ante la inestabilidad del cuerpo... sino el otro: el de "malabares", ese que trastoca los sentidos y puede llegar a ocasionar una percepción alterada de la realidad. Con el vértigo (el de malabares), todo alrededor modifica su medida: las cosas lejanas se acercan y las cercanas se acomodan escenificando nuevos cúmulos.

El silencio es universal. Cualquier sonido en este momento sería intolerable. Ahí asoma ya Nerea. Va cayendo en volteretas desde la cúpula afianzada a una maraña de cintas de variadas iridiscencias. La música rebota en sus puntales y ella recoge el compás. ¿Quién dice que están viejos? ¿Qué esos bien torneados cuerpos no presentan ya la misma flexibilidad de hace tres décadas? Nadie diría que Nerea ha cumplido ya cincuenta años, a la vista de la sutil agilidad con la que alcanza a remontar el aire. Siempre ha sido la reina de los cielos, *la diosa del arete* y sus piruetas y contorsiones le ganaron la fama de la "mujer que vuela". Y la fortaleza de Aitor parece ser la misma de otros tiempos. Provocación y sagacidad. Riesgo y destreza. En eso consistía la buena estrella que hacía de Aitor una leyenda. A la combinación de un físico elegante y garboso, se sumaban tanto la precisión de sus reflejos como el impecable gusto con que él conseguía elaborar intrincadas coreografías. Como artista del trapecio, era un sobreviviente (todos lo eran) y su cuerpo manejaba tanto heridas propias como ajenas: aquel torpe y vicioso momento de la caída del andamio, o el descalabro que acabó con la carrera de su madre y la convirtió en parapléjica. Esa era, la verdadera cantera de sus recientes temores proyectados por rebote en su pareja Nerea.

El vértigo de malabares siempre había estado allí. Venía de atrás. Y nunca se desvanecía. Las luces por ambos lados de la pista han acercado ya en círculos concéntricos, iridiscentes y esponjosos, encogiéndose de nuevo hasta conseguir un punto ciego. *El arete de la diosa* era una hermosa coreografía de la que el público no parecía cansarse nunca. Cierto que esta última adaptación parecía menos "estrambótica", y que contenía una serie de rutinas quizás menos articuladas, "para bajar la tensión y el suspenso" —le había dicho Aitor a Nerea— aunque la razón era más puntual y menos técnica: quería bajarle la velocidad, pensando en lo impensable, desde que había tenido ya —y por dos veces— que desembobarla al grito de «¡Espabila, mujer!» allá arriba en el trapecio. Aitor, con toda su corpulencia, se había plantado en el otro andamio, esperando que ella ejecutara sus intricadas evoluciones, y mientras la música marcaba ya, a todo volumen los compases del "salto del arete", Nerea, clavada en su ángulo, parecía contemplar un fantasma. En aquella tesitura le había dado por acordarse de sí misma cuando niña, vistiendo sus muñecas con trajes de arlequín. Ahora se gira bocabajo. (El arlequín la mira). El trapecio colgado en el viento persigue el vaivén de sus ojos. Va de de izquierda a derecha... de derecha a izquierda...

(—¿Dónde está mi arlequín?)

De izquierda a derecha... uno, dos... uno, dos... Y se queda petrificada. —Vamos, mujer... ¡Salta!

La música ha vuelto a improvisar un juego con las luces y las sombras. El público aplaude. Y Nerea, "la diosa del viento", salta por fin al vacío y atrapa en el último momento, la cuerda que cae desde la cúpula. Un tapiz multicolor, que a lo lejos parece una tela sólida, avanza y se convierte en una maraña de cuerdas que se ensortijan como sierpes. La muñeca, vestida de seda le hace un guiño al arlequín y ella trepa hasta alcanzar el ojal que se menea en el centro. Nerea se sienta en el aro pulsando los desafíos. Aitor aparece en el columpio y la convida: ella accede y las piruetas conjuntas se desarrollan con soltura y normalidad. Cuando la música lo indica, las luces parpadean, el "portor" se desliza por la cuerda y la "ágil" se queda arriba, entronizada en su ojal. Toca ahora el segundo acto. Una ejecución de riesgo moderado que ambos conocen de memoria. Son piruetas que incluyen saltar desde un trampolín pequeño hasta planear entre varias plataformas con giros y maromas. Al público, por lo general, no le suele alcanzar el verdadero drama. Tan solo ven dos cuerpos, apenas hilvanados, flotando en el aire entre dos trapecios. Para aquellos que se mueven por las corrientes, sin embargo, el vértigo de malabares va por otra senda. Cualquiera de esas piruetas isométricas que en el suelo pueden durar varios segundos, en las alturas demoran lo mismo, pero parecen eternas. Y es que al descender con un movimiento en el que no intervenga la gravedad se crea la ilusión de que el instante se ralentiza.

Aitor no cierra jamás los ojos mientras trabajaba sobre el viento. Un volatinero puede prescindir de todos los sentidos, excepto de los que le hacen mirar y palpar. Nerea trae además bajo la manga un personal "artículo de fe", una especie de talismán enroscado en su muñeca derecha, que perteneció a la madre de Aitor, la eximia Gran Elena.

Va a empezar la siguiente pirueta y las luces se estacionan. Un reflector recorre el escenario. Sube y baja enfocando los trapecios y las cintas. Uno, dos y.. tres. Tres... Dos... Uno... Recuerda: ¡*si dices tres en lugar de dos... te matas!* La música ensordece y un tambor —muy cercano— redobla. El espacio entero se recorta reclamado todos los sentidos. *No desnivelarás el vacío impunemente.*

—¡Salta! —Primero ella... y luego él. El público se sobrecoge. Y otra vez crece el redoble.

—¿Vienes, cariño?

Y allí van.

De resto solo queda imaginar lo que se teme. Aitor pensará en las olas de aquella playa inmensa. Nerea volverá a vestir de arlequín a su muñeca. *Uno, dos y tres...* (si dices "dos" en lugar de "tres"). Ella se está dando la vuelta dentro del arete... parece resbalar, pero se queda congelada un segundo antes de ver a Aitor saltar al vacío y alcanzar el óvalo en el que se descuelga boca abajo agarrada solamente por un pie. Nerea vuelve a nivelar la cintura a la altura del arete y sus giros se suceden uno tras otro con exquisita perfección, pero llegado el momento de sujetarse de los brazos de Aitor, algo falla.

Puede paladear la descompostura del vértigo. Los brazos le tiemblan e incapaz de poder sujetarse de la soga, se agarra a la cintura de su pareja. El tiempo se detiene. Abajo, el público contiene el aliento, luego se hunde en un silencio total, del que escapan aislados solamente un par de gritos. Entonces, solo entonces, Aitor y Nerea se acercan por el aire hasta juntar sus dos cuerpos. Y con un lento, delicado, pero preciso movimiento... se sueltan del ojal que les mantiene en suspenso.

¡Caer, por fin, es inevitable!

LA NOCHE DE AURORA REINA

Aborrecemos en la noche lo que amamos por la mañana.
Octavio Paz

La noche es un mandamiento que tiene su propia regla, su insomnio, sus compromisos, incluso su percusión; pero en un país como éste en el que la lluvia no cesa, y donde el calor que enrarece los insectos tiende a mezclar los sonidos, es fácil pasar por alto las veces que canta un grillo. Y es una lástima, porque como le sucedió a Aurora Reina —la protagonista de este cuento— de pronto un simple grillo te puede salvar la escena.

Eran las siete menos cuarto cuando el balcón quedó en tinieblas. Aurora Reina cerró la revista, examinó su reloj de pulsera, y azorada por la brusquedad con la que la oscuridad se había tragado el día, reconoció que esa bonita frase "el largo crepúsculo tropical" (con la que ella misma había dado estampa a una de sus infografías), no era más que un disparate —por no decir un oxímoron— pues en el trópico el sol no declina: *cae*... como un telón sobre el proscenio.

Se levantó de la tumbona, agachándose para recoger algunos papeles que el viento había desparramado por el suelo. Apenas si se podía interpretar el contorno de las buganvillas, pero ya la ciudad —balcón abajo— relucía con mil contrastes propiciando sus reflejos. La noche estaba oscura, calurosa y muy húmeda; la trilogía predilecta de esos ruidosos saltamontes, que ya parecían afinarse para empezar a liar su orquesta.

criiichh... criiic... criiichh... criiic... criiichh... criiic... criiichh...

¿De dónde demonios venían esos atronadores insectos? El misterio era fascinante, pues por encima de su apartamento, sólo había un mirador sin techo que le daba la vuelta al edificio; y más abajo, la enorme mole (casi circular) estructuraba en su diseño una veintena de pisos que se repartían verticalmente en unas cuarenta viviendas; cada cual con su terracita, su balcón, sus maceteros, sus potes de veraneras y sus canastas de helechos. Nada como vivir encaramada en las alturas —se dijo— mientras la vista se le resbalaba sobre las luminarias de la bahía: desde las torres de concha nácar de la península del casco viejo, hasta la boca ennegrecida del canal interoceánico, pasando por la fosforescencia del malecón hacia Paitilla, donde crecen y se reproducen los pelícanos, las barcazas, los gallotes, las palmeras, los gigantes petroleros y los andamiajes que centrifugan las marismas, los manglares y las entidades bancarias que se descuelgan tierra adentro por la ruta de los rascacielos, el cerro Ancón (la bandera), la avenida de los Poetas, las superficies comerciales, lo que quedó del Chorrillo, el verde de los matorrales y esos pericos chillones que sobrevuelan en bandadas las barriadas periféricas, con sus patios de vecindad que se inundan con los aguaceros.

Aurora Reina apoyó medio cuerpo sobre la barandilla del balcón, y absorbió a bocanadas el viento. Quería sentir en el rostro el bisbiseo de aquel céfiro, y terminó convenciéndose de que había en la noche —en aquella noche espléndida— una caprichosa conformidad estética imposible de hallar en el día. Ráfaga tras ráfaga, el paladar se le se deleitaba como con un vapor salino que traspasaba la negrura, e imaginó que ese aire fresco, que la estaba tocando sin respeto, la ayudaría de alguna manera a sublimar sus aflicciones. A pocos pasos de la baranda, un grillo se desató a cantar con gran estrépito.

criiichh... criiic... criiichh... criiic... criiichh... criiic... criiichh...

Giró rápidamente la cabeza y fue agachando el cuerpo. No supo de dónde salía el chirrido, ni alcanzó a ver el insecto. A su alrededor, las buganvillas se agitaban sacudidas por el viento. La noche estaba fresca, un poco más que de costumbre, acaso por la lluvia que se había desbordado todo el día. Mirando la línea del mar que aún se extendía en el horizonte, recordó que esa misma mañana había vuelto a ver a Miguel —en el garaje— cuando salía del ascensor. La saludó sin mirarla; incluso le dijo: "Hola Aurora", y ella se limitó a alzar la mano, apurando el paso hasta su vehículo antes de que apareciera *la otra*. Francamente no creía que había llegado la hora de enterrar el hacha. "Yo no soy un interruptor que se enciende y se apaga de un clic", razonó echándole la cuenta a los tres meses transcurridos, desde que sintió que, bajo los pies, la tierra se abría y se la tragaba. Es verdad que, día con día, una Aurora sobreimpuesta (y hecha de tripas corazón) conseguía camuflar los gestos bajo una apariencia lapidaria. Pero la noche era otra cosa, y para rematar era viernes, y los fines de semana, ya se sabe, los demonios no descansan.

Y es que como manda la regla, ella fue la última en enterarse del *affaire* de su pareja. Cuando por fin lo "descubrió" (y de la manera más desagradable), el asunto había adquirido ya su propio movimiento, y corría como candelilla por todos los mentideros. Miguel se había echado de amante a una tal Sabrina Lagos, que para acabar de rematar resultó ser (¡oh destino!) la pelirroja del 19-C. O sea, que la susodicha era encima su vecina... y vivía justo en el piso de abajo.

Esa noche, sin embargo —y a pesar del desencuentro matutino— Aurora Reina se las arregló para pedirle al Universo que no la dejara seguir cayendo en la tentación de los reproches. Cierto que aún quedaban por resolver algunas causas y cuestiones; pero comprendía que se aproximaba la hora de aparcar la mala leche y dejar correr el viento... lo que no implicaba, sin embargo, "olvidar" o "perdonar"; verbos estos que aún le parecían muy difíciles de conjugar. Y mucho más con el chirrido que otra vez asaltaba la oscuridad...

criiichh... criiic... criiichh... criiic... criiichh... criiic... criiichh...

Una inmensa oquedad plateada encerraba en su cuenco el mar hasta la raya del horizonte. La noche se le venía encima como una sábana de luciérnagas, abrillantando los reflejos de los otros rascacielos. Sobre una mesita esquinera había montones de papeles con imágenes e infografías. No quería caerle al trabajo, pero las horas se le hacían largas, así es que se atrevió a echarle una ojeada a algunas de las maquetas que estaba diseñando.

Todo parecía estar moviéndose a su alrededor a un ritmo lerdo: el mar sin provocar las olas, la luna acolchonando el vértigo... Y la noche —aquella noche oscura que se le había antojado propia— le estaba proponiendo cambiar de contraseñas: romper el molde estrecho, dejarse arrastrar por nubes, planetas y asteroides... ¡y brillar como un cometa expandido en lo celeste!

Una estrella que atravesó la bóveda se hundió en el océano Pacífico, y derivó en una repentina ilación de incongruencias: *"Allá vas, Aurora Reina: derrapando como un bólido hasta la profundidad del gran misterio..."* Y mientras sentía que la cabeza se le iba llenando de nébulas, de galaxias y de imágenes telescópicas tan antiguas y distantes, que habrían estallado hace siglos y aún seguían reverberando por aquel universo en expansión, estaba ya por preguntarse cuántas estrellas fugaces estarían en ese instante revoloteando allá en sus piélagos, cuando otra vez el grillo la devolvió al planeta tierra.

criiichh... criiic... criiichh... criiic... criiichh... criiic... criiichh...

—Bichos del carajo... ¡A callar, malditos!

Fue entonces que sintió en el cuello la bofetada del calor. Los helechos no se movían. Las veraneras tampoco. A su alrededor crecía una especie de fogaje estacionario, y un rarísimo bochorno se instaló como una manta. Hacía calor, sí: muchísimo calor. Era como si de golpe se hubiera frenado todo el viento.

criiichh... criiic... criiichh... criiic... criiichh... criiic... criiichh...

—No puedes ser... ¿Otra vez?

criiichh... criiic... criiichh... criiic... criiichh... criiic... criiichh... criiichh... criiic... criiichh... criiic... criiichh... criiic... criiichh... criiichh... criiic...

—¡Aghhhh! —Gritó con rabia, y justo entonces se dio cuenta: los malditos grillos cantores no solo estaban en su terraza, sino también adentro: en el salón. Y estaba ya por voltear patas arriba los muebles, cuando ¡puf! ...todas las luces de la casa se apagaron a su alrededor.

— ¡Lo que faltaba!

criiichh... criiic... criiichh... criiic... criiichh... criiic... criiichh... criiichh... criiic... criiichh... criiic... criiichh... criiic... criiichh... criiichh... criiic... criiichh... criiic... criiichh... criiic... criiichh...

A tientas fue la cocina e intentó revisar los fusibles. Desconectó y volvió a conectar los aparejos eléctricos. Afuera, la ciudad se veía iluminada como feria, y se percató que de los pisos vecinos también salía resplandor. Tenía que encontrar algún chisme que produjera algo de luz: una linterna, velas, fósforos. ¿Pero dónde... adónde estaban? ¿Y los teléfonos...? El fijo, muerto. El móvil sin batería. Y desde el fondo de la oscuridad, el chirriar redoblaba fuerzas.

Aurora Reina se recogió la melena y se quitó los zapatos. El grillar seguía en lo suyo y cada vez hacía más calor. Cierto que el aire acondicionado se había apagado, pero las puertas de vidrio de la terraza estaban abiertas de par en par, y no era normal —a esas alturas del edificio— sentir semejante fogaje.

criiichh... criiic... criiichh... criiic... criiichh... criiic... criiichh.. criiichh... criiic... criiichh... criiic... criiichh... criiic... criiichh... criiichh... criiic...

Una curiosidad cruzó su cabeza y le dio algo en qué pensar. Recordó que su padre —entomólogo aficionado— solía decir que el chirriar de los grillos (producido por la fricción de sus alas) era un infalible registrador térmico; y que si alguien quería conocer la temperatura sin tener a mano un termómetro, bastaba con ponerse a contar los chirridos que emitía el insecto durante ocho segundos y sumarle cinco a la cifra obtenida. Cuanto más calor hacía, más rápido cantaría el grillo.

criiic... criiichh... criiic... criiichh... criiic... criiichh... criiic... criiichh...

—Cuatro, cinco... nueve... diez... doce... catorce...

Contó hasta quince, llegó a veinte... abrió la puerta y se echó por las escaleras hasta llegar al siguiente rellano. A la izquierda, justo debajo del suyo, estaba el piso de la tal Sabrina. (¿Y si estaba allí Miguel?)

criiichh... criiic... criiichh... criiic... criiichh... criiic... criiichh... criiichh... criiic... criiichh... criiic... criiichh... criiic... criiichh... criiichh... criiic... criiichh... criiic... criiichh... criiic... criiichh... criiichh... criiic... criiichh... criiic... criiichh... criiic... criiichh...

—Cuatro y cinco: nueve... quince y cinco: veinte...

Contó sin parar en voz alta, y esta vez midiendo el tiempo; porque cuanto mayor es la temperatura, mayor es la velocidad de onda, y si su padre tenía razón esos grillos estaban chirriando cada vez con más presteza... treinta... cuarenta... cincuenta... sesenta y cinco... setenta. No había duda: sí, era un incendio.

—Buenas noches... ¿Hay alguien allí? Es una emergencia. Hay un incendio... Tienen que salir... ¿Hay alguien en casa? ¿Sabrina? (¿Miguel?)

Puso una mano en la puerta, escuchó el chirriar de otros grillos que le llegaba de adentro, pulsó el timbre, tocó con los nudillos...

—¡Hay que salir: es un fuego!

criiichh... criiic... criiichh... criiic... criiichh... criiic... criiichh... criiichh... criiic... criiichh... criiic... criiichh... criiic... criiichh... criiichh... criiic... criiichh... criiic... criiichh... criiic... criiichh... criiichh... criiic... criiichh... criiic... criiichh... criiic... criiichh... criiichh... criiic... criiichh... criiic... criiichh... criiic... criiichh...

Giró hacia las escaleras y fue descendiendo entre pisos, hasta dar con la única vecina que se molestó en abrir la puerta. Pasaba ya de la medianoche y pensándolo bien no era raro; más aún teniendo en cuenta que la llamada venía del pasillo y no del portal del inmueble.

La madrugada se impuso entre alarmas y despliegue de mangueras. Desde la acera de enfrente, Aurora Reina observó la pared de ladrillos donde un zurcido de yedra subía por los barandales. Miró más arriba, hacia el cielo, y aunque por la altura del edificio le era imposible alcanzar su apartamento a simple vista, sí que vio cómo la escarcha del humo había teñido de negro los balcones y las ventanas.

Supo entonces que el incendio había afectado únicamente el apartamento 19-C; y aunque aquella vivienda —dijeron— estaba por suerte vacía... ni Sabrina ni Miguel volvieron jamás a aparecer.

LA BENDICIÓN DE LA QUIMERA

Llevaba un cuarto de hora escribiendo cuando, con un crujido apocalíptico, se resquebraja la cáscara del huevo que está sobre la mesa y de él se eleva la Quimera, que llena la habitación con su rugido de dragón, con sus garras de león, con sus inmensas alas de murciélago. Se extiende triunfante sobre ti, mientras tú, febril y bruscamente encogida, sigues escribiendo con rabia: «no no no no no no no no no no no no no no no no no no no no no no no no no no no no...»

Mircea Cărtărescu

No es para nada difícil imaginar una quimera, con sus alas de murciélago, el cuerpo de león, una cabeza de carnero acoplada sobre el lomo y la cola de serpiente. Eso, después de todo, es sencillo (quizás porque es inverosímil). Lo difícil es tener que convivir con ella: aceptar su maldición, su endemoniada inocencia, adherir a los rigores que imponen sus desconciertos, lamiéndole las heridas, recogiéndole el bulto y observándola cuan rara es cubriéndose las vergüenzas, como un gran rompecabezas que se intenta armar sin guía, entre un paisaje de sombras y un lienzo de colorines.

Equidna Simón ignora *cómo* es que aquello sucede. De lo único que pude dar cuenta es del *cuándo* y el *por qué*. Sabe que suele ocurrir cada vez que un desequilibrio —un súbito empeño necio—

se apodera de su hija. Entonces, el cuerpo de la niña experimenta un trastorno morfológico y ¡puf! ...aparece la quimera, que ya no podrá detenerse hasta que se agote el impulso fatal que la empujó a cambiar de hechura, so pena de quedar descuartizada para siempre. A la madre, entonces, sólo le queda esperar a que la chiquilla se recomponga, y rogar para que las piezas vuelvan a encajar en su lugar.

La revelación de aquel portento apareció con los primeros llantos y cuando la criaturita se encontraba todavía pegada al pecho. Con el correr de la naturaleza y bajo la irritación del pudor fresco, fue la propia niña entonces, quien se empeñó en juntar maneras, adecuando cada elemento a los ritos de la metamorfosis, e intentando dar aliento a la rueda de las transformaciones, mientras la madre, en el patio florido, regaba sus nomeolvides, sembraba begonias azules, abonaba los pensamientos con estiércol matutino, y Eliécer Tifón se alejaba cada día un poco más de sus vidas.

Una mañana detrás de la lluvia, cuando el viento secaba la hierba, Equidna Simón levantó la cabeza desde un ramillete de muérdago, y advirtió que su pequeña hija se empujaba y pegaba saltitos, agitando como un molinillo sus dos alas de murciélago. Supo enseguida que una época clausuraba allí su agenda, y que en adelante, se tendría que imaginar otras ritos para no perder las riendas.

Si de algo se lamentaba la madre, cada vez que la chiquilla se transformaba en quimera, era de lo mal que había empeñado su tiempo en el calendario. Por varias razones auténticas (y algunas más mezquinas), ella había descuidado los ciclos de las celebraciones y rituales, recelando de todos los misterios frente al padre de la niña, quien a esas alturas apenas si se asomaba por casa. Para soportar el alejamiento, aprendió a inventarse historias todas llenas de prodigios, y se convenció de que Eliécer Tifón, estuviera donde estuviese, aún seguía pensando en ellas, y de que ya aparecería por la puerta, con un ramo de siemprevivas, una vez que lograra zafarse del fiero Belerofonte y rendir al león de Nemea.

El clima empezó a cambiar pero Tifón nunca regresó. Detrás de los meses de invierno llegaron los abejorros, y el vergel asilvestrado se consumió en su abandono. La niña se transformaba en quimera jugando entre los matorrales, y Equidna Simón, llorando, se calzaba sus botas de caucho para que no la picaran las culebras.

Cuando cundió la maleza, todas las flores del patio se hincharon de pelusilla. Un rastrojal enmarañó la hierba y los viveros de magnolias se fueron cargando de ortigas. Los jazmines se llenaron de arrieras, en las canéforas se criaron zancudos, los maceteros se desbordaron, todo el estanque se cubrió de légamo, y ya ni siquiera los heliotropos sabían por dónde iba el sol.

Fue entonces que Equidna Simón sintió perder la compostura. No podía saber, a punto fijo, cuándo la chiquilla (que iba creciendo veloz), mudaría otra vez de aspecto. El jardín, vuelto una ruina, le había desnivelado el nervio. No entendía ya si quería a su hija con piedad o remordimiento. El caos empezaba a cercarla y entre tanto desaliño, hasta los sentimientos impensados se le complicaban y reñían; sólo juzgaba las cosas vagas, las más próximas e inofensivas: mirar a su niña cuando estaba dormida y recordar la yerba fresca.

A la quimera, como a cualquier niña, le divertía jugar al escondite. Su madre contaba hasta diez, y ella corría con el lomo gacho y apiñaba las cuatro patas debajo de alguna mesa. Cuando Equidna por fin miraba, y hacía como que la encontraba, ella saltaba como una cabrita y abría sus alas de murciélago, mientras su cola serpentina se sacudía golpeando a diestra y a siniestra.

A falta de jardín, y porque no hay mal que por bien no venga, Equidna Simón se dedicó consumadamente a observar a la quimera. La seguía a todas partes, no le perdía la mirada ni despierta ni dormida, y hasta se preocupó en llevar una bitácora para registrar las contingencias: la duración de los episodios, las horas y las frecuencias, los indicios y los pronósticos, la obstinación y el capricho, la actitud y las intenciones, y hasta llegó a a consignar en sus notas lo que creyó que era un patrón: que cada crisis metamórfica era anticipada por una serie de "detonadores fijos", que consistían simplemente en palabras, interferidas por algunos gestos, que aparentemente oficiaban como invocaciones o conjuros. Antes de cada transformación, se la oía decir por ejemplo: "luna", "mercurio", "rosa", "espejo", "leche", "mandorla" o "violín", así como otras, tan tremendamente insólitas, que no lograba saber por dónde las habría aprendido: "espargiro", "régulo", "retícula" o "quinta esencia". Estas anotaciones resultaron muy afortunadas y no sólo le servían para entender mejor a la niña, sino para organizar sus días.

Pero otras cosas seguían su curso y de igual forma se repetían. Cada una de las miradas de Equidna Simón a su hija —aun las motivadas por la ternura— eran interceptadas por un malestar contradictorio que no la dejaba reposar. Momentos había en que no toleraba siquiera su cercanía, y cuando más tarde se arrepentía (lo que pasaba invariablemente) iba, y como castigo, se escondía a sí misma el perfume de gardenias, que era lo único que aún le quedaba de las viejas fragancias del jardín.

Los ojos de la quimera la seguían sin luz en la noche, como un rapaz a la liebre, mientras los de ella —siempre abiertos—, trataban de hundirse hacia dentro, buscando acomodo en el llanto y en la parte de atrás del recuerdo. Y al cabo, cuando todo volvía a su ser, era la chiquilla, entonces, quien saltaba de la cama, se revolcaba juguetona y buscaba la manera de tranquilizar a su progenitora. "Ya me está pasando, mami... mira... todo está ya otra vez en su lugar". Y le sugería cerrar los ojos para irlos abriendo de a poco... como cuando se entra a una sala de cine y es necesario mirar de reojo para no tropezar por el pasillo, o para poder apreciar de cerca la gran pantalla de plata. Pero no siempre la criatura acaba tan feliz. A veces, el pulso cimbreante de la quimera enrarecida parecía durar largo rato después de la metamorfosis, e incluso cuando se estabilizaba, y después de que la carcasa se humanizaba, la piel aún aparecía intranquila y como veteadas de transparencias.

Equidna Simón era mujer de fino olfato. Por eso, aquel día, no tardó en notar un olor tenue y como impregnado de rancias especias, que se esparcía por toda la casa desde algún lugar de la buhardilla. Caminó siguiendo el tufo y no tardó en contemplarla: familiar y extraña al mismo tiempo, sólo que esta vez estaba coronada de herbajes y helechos. No quiso acercarse o quizás no se atrevió. El portento había tomado ya su forma pero, a diferencia de otras veces, un susurro se le metió en la cabeza y le empezó a soplar que nada de eso era real, que era tan sólo su imaginación. Se tapó las orejas con las manos mientras y bajo corriendo la escalera, deseando tener todavía un jardín donde poder enterrar sus yerbas.

En el espacio de un pequeño recuerdo, todo parecía haberse transformado en poco menos de dos décadas. Eliécer Tifón se había marchado, presumiblemente para siempre. Su jardín se había estropeado y la niña había crecido; de hecho ya se había convertido en toda una mujercita. Hubo una época, recordó, en que también ellos se habían creído felices; tenían un jardín y una cocina, una hija y una biblioteca, y una cama con fundas de seda donde hacían el amor tantas veces como el cuerpo se lo merecía.

A Equidna Simón el pecho se le desinfló como una pelota sin viento, cuando descubrió que la chiquilla, por lo visto, había desaparecido. La esperó por varias noches entre las breñas del viejo jardín. Si se había fugado de casa, posiblemente habría ido en busca de su progenitor. No le quedaba otro razonamiento, por disparatado que eso pareciera. Recordó que recientemente la niña la había examinado:

— ¿Te importaría dejarme sola alguna vez, mamá? —Creyó que era una broma de su hija... pero la muchacha hablaba en serio.

—Pues no sé qué me quieres decir con eso, hija —le contestó asombrada Equidna, mientras oía cómo ella le explicaba que quería que la dejase vivir por su cuenta, lejos de casa, por algunos meses. Y que después, a partir de ahí, las dos podrían proyectar mejor sus caminos. Equidna no lo podía creer; y tampoco sabía qué hacer. No era nada cándida en lo relativo al poder de una adolescente, "Quiero estar sola cuando me apetezca. Quiero ver si hay alguien, en el mundo entero, que me pueda querer a pesar de todo."

Y sucedió. La niña se marchó de casa y Equidna Simón interrogó al espejo entre el remordimiento y las preguntas tontas. Y si le hubiera dicho otra cosa, ¿habría ocurrido lo mismo? Y si la niña no la hubiese hecho aquellas preguntas ¿se habría ido igual? Pasó el tiempo, a su manera, y la chica siguió brillando por su ausencia. No sólo no había vuelto a casa, sino que ni siquiera le había hecho llegar ningún recado por teléfono.

Y eso le dolía.

Equidna Simón se despertó estirando el brazo hasta la mesita de noche. Sacó de la gaveta una vieja agenda de teléfonos, y le puso una llamada a aquel señor de la agencia de bienes raíces, con quien había entrado en contacto hacía unos cuatro años, cuando se lanzó a encontrar una vivienda adecuada para criar a monstruo.

"*Monstruo*"; sí... lo había dicho sin dar un respingo y esa naturalidad le impresionó. Quería ver si su hija se había puesto en contacto con él. Explico el señor con toda amabilidad. Y es que teniendo la niña acceso al fideicomiso de su padre, bien podría haberle contactado a fin de indagar las facilidades de arrendar un domicilio; así es que Equidna le preguntó, sin rodeos, al intrigado vendedor, si su hija se le había acercado, pero al otro lado del aparato la voz no recordaba haber tenido noticias de la existencia de ninguna hija de nadie, ni antes ...ni por supuesto, ahora.

Equidna Simón, ofendida, pidió hablar directamente con otra persona de su oficina a ver si alguien más la había atendido; explicó que era una muchacha adolescente, aunque ya mayor de edad, que estaba sola, que no sabía valerse por si misma y que padecía una rara enfermedad. Él le contestó que había mucha gente que pedía lo mismo, incluidos clientes que estarían llamándole en ese momento para hacer negocios reales, no para preguntar por hijas imaginarias. Es muy importante, siguió insistiendo Equidna, pero el agente inmobiliario terminó por colgarle el teléfono, convencido de que aquella necia mujer —a la que en efecto recordaba haberle alquilado la casa grande con jardín—, era una desequilibrada o mentirosa.

¿De qué hija le estaba hablando? Él no recordaba haber sabido que esa inquilina tuviese ninguna hija.

Equidna Simón regresó a su casa después de caminar por los alrededores hasta donde la llevaron sus pies. Mientras escuchaba el noticiero que ponían en la radio, envolvió por separado cada una de las verduras que había comprado y las fue guardando en la nevera. Harta de observar el teléfono, por si su hija llamaba, se tumbó y cerró los ojos. Al instante, una necesidad de hacer algo, le empezó a pulsar al tacto, como si hubiera estado acechando otra oportunidad. No quería (no podía) distanciarse de su propia queja. Era necesario mantenerse en guardia (aunque no demasiado cerca) y por eso se decidió por la televisión.

Pasaban una de esas películas de fantasía épica que tanto gustaban a su niña. Sin dejar de mirar la pantalla le dio por pensar en algo simple: un florero, por ejemplo. Se imaginó, por alguna razón, que de ese florero imaginario sobresalían dos hojas verdes, muy largas y peludas, como las cejas de un burro. Siguió con los ojos en la pantalla, pero sin dejar de imaginar que a aquel florero, con las orejas de burro, le habían crecido cuatro patas. Trajo la figura a la altura de los ojos, le dio un par de vueltas dentro la cabeza, y la puso patas arriba... ¡Ya está! Entonces, volteó otra vez en el florero con patas y orejas de burro y le enchufó una espléndida cabeza de león. En eso, miró de lleno la pantalla.

(En la película aparecía un dragón).

Volvió evocar la escena que estaba combinando mentalmente y le dio al florero con patas, orejas de burro y rostro de león, un hermoso par de alas color púrpura rosado. Pero le faltaba tener una cola, y le puso una viva y dúctil, que ondulaba como una serpiente. Fue entonces que cayó en la cuenta de que esas orejas de burro desencajaban absolutamente con la cabeza de león... así que le ensartó sobre el lomo felino un pequeño animalito con cuernos, similar a la figura del Aker que aparece en los arcanos mayores de la baraja del tarot.

¡Había concebido una quimera!

(Ahora tendría que alimentarla).

Equidna saltó de la cama y llegó corriendo hasta la cocina. Puso agua en un recipiente y lo llevó a su habitación. Si algo sabía ella era de dragones. Los alimentos que prefieren comer (que son carnero y chivo), dónde duermen (en cuevas). El agua le había sentado bien. Le había dado la energía necesaria para ejercitar las alas. Del león se encargaría más tarde. Tenía una pierna de cerdo en la nevera, y cuando fuera de noche (porque los felinos se alimentan bajo la luna), le daría de comer. Por el lado de la serpiente estaba ya todo coordinado: huevos; eso nunca falla con un ofidio.

Delante de ella, la cola de serpiente de la quimera se levanta como si fuera una cobra y le lanza una mirada inclemente. Llega entonces Aker, el macho cabrío y sucede que no está para nada contento con que le hayan truncado medio cuerpo. Aker lleva el pelo recogido en una coleta y viste una camiseta con un pentagrama rojo.

(No me tengas miedo... ¡ven!).

No sentía ya la menor repulsión cuando acariciaba la piel escamosa de su hija. Sentir repugnancia hacia lo que se consideraba hermosísimo, ¿no constituye acaso la fórmula básica de la condena divina? Atenuar la propia culpa y no sentir más que un frío interior, una profunda indiferencia, ¿no significa traicionar lo que ha sido el motor del propio anhelo y la razón de toda estima?

—¿Dime hija: qué quieres que hagamos ahora?

La quimera no le contestó con palabras, pero sí con la mirada. Le dijo que le apetecería salir a pasear por el jardín (su jardín), que añoraba volver a cuidar las flores (sus flores), que necesitaba llenarse otra vez los pulmones de aire fresco y echar a correr sobre el pasto recién mojado por el aguacero. Y entonces se le ocurrió pensar, al mismo tiempo, en el agua y en la sed... en el frío y en el calor... en el león y en la serpiente... en la cabra y el dragón.

(Y la niña le sonrío).

No fue una sonrisa feliz, apenas una mueca cómplice, la que apareció pintada al carmín en el morro de la quimera, pero a Equidna Simón aquel guiño le iluminó la apariencia. La niña sobrevoló la escalera y abrió sus alas de murciélago ...y desde allí, con los ojos del felino, pareció bendecirla para siempre.

Cuatro a la tercera potencia

El talento no impide tener manías, pero las hace más originales.
Madame de Staël

Antón Simonelli era de los detallistas; de los de maña, rito, pompa e hiperofobias. Uno de esos quisquillosos obsesivos compulsivos adictos a la rutina de sus propias convicciones. Vestía siempre de blanco, le tenía miedo al amarillo, detestaba las corbatas, calzaba una especie de zuecos de algún material antialérgico y se abotonaba la camisa hasta el último ojal del cuello. Lo que más rápido le sacaba de quicio era el tema de las contaminaciones. No le estrechaba la mano a nadie (por aquello de los gérmenes), cosa que no le quitaba lo cortés —hay que decirlo— porque Antón Simonelli siempre fue un hombre cordial, educadísimo, que nunca dudó en saludar a nadie que le pasara por enfrente, con su obsequioso ceremonial de cabezadas y reverencias, copiado con mucho decoro de la etiqueta oriental: *"Qué gusto me da verte Tomás Tadeo Triana Tello". "Muy buenos días tenga usted, doña María Elena Márquez Weber"*, (el ritual exigía nombre completo y ambos apellidos).

Marcando el compás de su hábito, Antón Simonelli solía recorrer a diario todos y cada uno de los recintos de la empresa de medicamentos fundada por sus antepasados; y lo hacía no sólo para conocer de viva voz las nuevas fórmulas, sino también para actualizar su memoria interactiva a través de un riguroso ejercicio de correspondencias que habría podido durar hasta la eternidad, si no fuera por la presión de una serie de asuntos más domésticos que le tiraban hacia la intimidad de sus propios aposentos, ubicados por fortuna en el mismo edificio de la planta.

Al término de cada semestre, justo en la víspera de los solsticios, Antón Simonelli se reunía en el vestíbulo con el total de la plantilla y le preguntaba a uno por uno, en orden: "¿Hay algo que a usted no le cuadre?" y cualquiera que fuese la respuesta siempre decía muy solemne: "Lo tendré en cuenta". Y en cuenta se lo tenía, porque si había algo garantizado en el funcionamiento de este individuo, era que todo lo que le entraba a la cabeza se le convertía en números. *Los números* —repetía— *suceden igual para todos.*

Y ese "para todos" incluía a la única persona en el mundo capaz de cuadricularle el círculo a este hombre empecinado: Tomás Tadeo Triana Tello, gerente general y factótum de los Laboratorios Simonelli. Y no es que el señor de las cuatro T fuese también un maniático (aunque tuviera sus proclividades), sino debido a una conjunción de circunstancias —así insólitas como rutinarias— que le otorgaban un ascendente peculiar sobre Antón.

Tomás Tadeo Triana Tello era el depositario de una serie de responsabilidades devenidas de antiguas cuentas. De cuando a su viejo amigo y colega Antonio María Simonelli (padre de Antón) y fundador de la empresa familiar, lo habían encontrado muerto en la deflagración provocada por una explosión en las tinas caloríferas del laboratorio, dejando al hijo de nueve años huérfano, a la viuda loca y destinada al suicidio, y a él de tutor sin posibilidad moral de renuncia. Habían pasado los años que ya sumaban tres décadas, y su empeño agrandaba esfuerzos en todas las dimensiones. Había protegido a Antón de la exclusión y el desabrigo, mantenido incólume y fértil el patrimonio de la empresa, y aún seguía allí, ileso ante las adversidades, escurriéndole el bulto al destino y jurándose a sí mismo (por las cenizas de Antonio María) que el porvenir no está escrito, que no hay profecía que valga ni sueño que se le interponga.

(O eso quería creer).

Hombre reacio a los cambios, excepto los que él mismo introducía (y que últimamente no eran pocos), Tomás Tadeo habría querido que las cosas siguiesen siempre por su riel. Su temor a salirse de la línea no era fóbico sino profiláctico. Era tenido por un individuo práctico. Alguien a quien no le gustaba revolver el pasado propio y mucho menos que otros se lo revolvieran a él. La providencia no existía y el futuro era simplemente un mero objetivo plegable, susceptible al buen manejo y a la sana discreción. Y es que, al fin de cuentas, todo era cuestión de equilibrio, de compensación, de no propiciar desbalances. Así que cuando Antón le contó que había ido a depositar un ramo de "flores amarillas" sobre la tumba de su padre, este hombre tan nivelado sintió que perdía el sentido.

Eso no está bien —se dijo— no concuerda.

Y es que entre sus múltiples fobias, Antón Simonelli padecía en grado extremo de miedo al color amarillo: xantofobia. Aquello solo podía significar una cosa: que el horizonte se había desnivelado. Y el sudor le empapó la frente.

Por eso fue que esa misma tarde —y para compensar el balance—, Tomás Tadeo Triana Tello hizo algo extraordinario: mandó a enmarcar ricamente un retrato pintado al óleo del difunto Antonio María Simonelli, lo colocó en la cabecera de su despacho, detrás del escritorio y, en lo que sigue, se lavó las manos.

¡Malditas flores amarillas...! que le sacaban las formas de quicio.

Lo dijo y no pudo desprenderse del recuerdo de aquel día: de la hora exacta en que Antonio María Simonelli le había contado en detalle un sueño extraordinario que a la sazón le afligía. Había soñado —y treinta años pasaban ya de ello— que una de las salas del laboratorio había cogido fuego tras una tremenda explosión, y que su pequeño hijo Antón (entonces de nueve años) aparecía en la escena moviéndose entre los frascos, tubos de ensayo, retortas, filtros de destilación... como si estuviera buscando algo, que al cabo se ve que encuentra: una redoma cristalina del tamaño de una pelota de fútbol, saturada de una especie de pasta viscosa de un puro color amarillo. Del cuello de este alambique cuelga una cinta roja con un medallón de plata que lleva inscrito:

"SEIS AL CUADRADO", por un lado y

"CUATRO A LA TERCERA POTENCIA", por el otro.

El sueño termina cuando el chiquillo sale de la habitación en llamas, llevándose consigo el gran glóbulo de pulpa amarilla, no sin antes señalarle al padre dos misteriosas esquelas lapidarias. En la primera, y muy grandes, hay tres letras grabadas: "AMS" —que son las iniciales de Antonio María Simonelli—, mientras que la otra lápida lleva inscritas cuatro "T" en mayúsculas.

Un sueño solo se vuelve profético si la vigilia lo confirma, pero para horror y desgracia de los involucrados, eso fue lo que sucedió. Antonio María Simonelli murió víctima de un pavoroso incendio desatado tras la explosión de un inyector en uno de los laboratorios, cuando tenía precisamente 36 años.

(Seis al cuadrado es igual a treinta y seis).

No escapaba a Tomás Tadeo Triana Tello que habiéndose cumplido con rigor la primera parte del sueño, las perspectivas de que la fracción restante no se llegara a consumar, eran bastantes remotas. Su cara de la medalla traía grabada: 4^3. (Cuatro a la tercera potencia). Cuatro a la tercera potencia es igual a sesenta y cuatro, y sesenta y cuatro eran los años que él estaba por cumplir.

Como químico que era, Tomás Tadeo conocía las maneras de combinar las cosas. Sabía dónde estaban los trucos para hacer que una receta diera más o menos de sí misma. En cuanto a las combinaciones que afectaban el destino humano (el suyo, por lo menos), el procedimiento no tenía por qué ser disparejo. En el fondo, todo era cuestión de saber manejar las proporciones. La clave de su supervivencia —estaba convencido— dependía de la conservación intacta de una cierta "fórmula de equilibrio", que debía servirle de contrapeso frente a la profecía del sueño. De ahí que se hubiese asustado tanto cuando Antón le contó que había llevado flores *amarillas* a la tumba de su padre.

(Y es que ese elemento no entraba en la receta...)

***

Tomás Tadeo Triana Tello era un hombre fornido. Sin ser demasiado obeso, mostraba una anchura de hombros que le empaquetaba el pecho. La calvicie le había comido en óvalo varios centímetros de la coronilla, pero él procuraba nivelar el balance, con unos morrocotudos bigotes grises que le hacían parecer como un cruce entre un obús y una foca. Tímido, a pesar de la pinta, no era de esos que alegran al prójimo, y muchos menos a sus dependientes, pero tenía sus buenos gestos: amaba las plantas, a los animales y a Estrella —su mujer de toda la vida— y, aunque procuraba mantener la apariencia y no alterarse jamás ante testigos, cuando estaba irritado o nervioso, tenía que echarse a la calle, a tomar aire, a caminar.

El sol ocupaba la acera de aquel sábado de junio, cuando a Tomás Tadeo Triana Tello —que erraba buscando una sombra—, le dio por subir hasta el atrio de una vieja iglesia parroquial. Abrumado por el calor, traspasó la mampara del pórtico y se adentró hasta una de las banquetas, donde se arrellanó sin reserva. Fue entonces que lo escuchó:

"Cuatro a la tercera potencia es sesenta y cuatro"

La imagen que así le habló medía apenas medio metro, tenía los ojos de vidrio, el cuerpo de yeso esmaltado, la cara brillante, vestía de blanco con un redondel amarillo, del tamaño de una pelota de fútbol, justo en el plexo solar y llevaba una orla alrededor de la cabeza que ponía con todas sus letras:

"San Antonio María Claret"

¡Antonio María! Se puso lívido, y si no saltó como un resorte ni salió pitando iglesia afuera, no fue porque no quisiera, sino porque se lo impidió su anatomía. Estaba muy asustado. Él podía jurar que aquella imagen le había hablado. Que había recibido una señal. ¿Pero una señal de quién... y por qué allí... en ese lugar? Si él ni siquiera era religioso y tampoco conocía a nadie cercano que lo fuera. El gesto se le anticipó reflejo y se santiguó más o menos. Antonio María ...o quién fuera, le había echado una sentencia. Se le había lanzado un fatum que le emplazaba a punto fijo. Y compendió que la cosa no había hecho nada más que empezar.

Un par de días más tarde, mientras iba camino al trabajo, Tomás Tadeo Triana Tello, no pudo sino caer en la cuenta, de que el autobús que le iba cortando el paso, uno de esos "Diablos Rojos", llevaba en la puerta de atrás un rótulo pintoreteado que decía:

Simón ♥ Ellisa
Todo se derrumbó

...pero él leyó:

"Simonelli S A
Tadeo se derrumbó"

Sintió que todas las vísceras se le subían a las amígdalas. Se quedó aplanado; y para colmo, ni siquiera podía rebasar el carril porque lo único que veía era el trasero del bus zigzagueando en la avenida. Volvió a pitar, se rascó el cuello y rugió... hasta que en algún momento del tranque y después de aventar soplidos, creyó recobrar el aliento e incluso se las tiró de gallito.

(Simonelli S A: *Tadeo se derrumbó*)

—¿Derrumbarme yo? ¿Yo? ¡Ja! ¡Vamos a ver quién se derrumba primero... diablo rojo de mierda! —Y pisando el acelerador sin miedo, Tomás Tadeo Triana Tello dio un saque de izquierda al timón en una maniobra de rebasamiento que le metió en una carrera invencible con el mismísimo '*Simón ♥ Ellisa*' que lo mandó a una cuneta.

(Todo se derrumbó...)

Al llegar a su despacho, y bajo la sombra ornamentada del difunto Simonelli, no le quedó más remedio que considerar la experiencia con un poco más de objetividad. Las letras no eran más que letras —se dijo— nada más; pequeñas abstracciones conceptuales sin efecto profético. No había razón alguna para que unas letras pintadas en la puerta trasera de un *diablo rojo* se metieran con su futuro. Además, en el sueño de Antonio María no asomaban ni buses ni santos.

Se le ocurrió, con un toque de picardía, que una manera sencilla de averiguar hasta dónde podían estarlo engañando, era dejarse llevar por el primer sentimiento asociativo que se le venía a la cabeza. Pensaría en un antojo, por ejemplo: un pastel de marañón, guayaba y queso probaría a ver si la maravillosa mezcolanza de olores subía por su nariz y aparecían en su paladar los sabores amargos, dulcísimos y ácidos revueltos. No sucedió. Sin embargo, guiado por una compulsión incontrolable, se encontró aquella misma tarde estacionando su auto frente a una pastelería desde donde se escapaba un olor que su olfato entrenado de químico identificó al instante como el pastel imaginario.

Cuando salió con la tarta en la mano, algo detuvo su atención. Dos señoras mayores le abordaron solicitándole una contribución para una obra de beneficencia. Tomás Tadeo se inmovilizó indeciso. Por un lado, no tenía deseos de dar ni un céntimo a esa caridad ni a ninguna otra. Por otra parte, sentía el temor, *no por absurdo menos angustioso*, de estar poniendo su vida en peligro si no hacía una contribución. Aquella sensación de pánico ante lo irracional era, por lo demás, lo que más hería su dignidad.

¿En qué me he convertido —se dijo— en un obsesivo compulsivo, en un irracional... en un Antón Simonelli?

Cuando vio que se sentía incapaz de contener la atracción que le arrastraba, hizo de tripas corazón y se dijo que no tenía nada de malo donar las monedas que tenía en el bolsillo si no eran demasiadas. No, no lo eran. Contó cincuenta y cinco centavos y los echó en la alcancía. El pánico sólo se calmó cuando estuvo acostado en su cama fingiendo vagamente estar enfermo para no preocupar a Estrella.

Desde ese momento los pensamientos empezaron a materializarse casi todos los días, usualmente a las tres horas puntas: a las seis de la mañana, a las doce del día y a la seis de la tarde. Pensó contarle a Estrella lo que le estaba sucediendo. ¿Creería su mujer que estaba loco? No se animaba a hacerlo. Pero esa madrugada, mientras miraba el techo y oía cómo roncaba su mujer, la epifanía saltó.

PASADO MAÑANA SERÁ LA ÚLTIMA VEZ QUE
CRUZAS EL PUENTE CENTENARIO

Ese puente Centenario, sobre el Canal de Panamá, era parte de su ruta diaria para ir venir del trabajo. Claro que podía evitarlo; pero eso significaba un desvío de varios kilómetros... ¿y todo por un *tiquismiquis* entre pecho y espalda? ¡Al diablo... era una locura! No iba a permitir que aquella absurda fantasía, que de pronto desbocaba su imaginación, dirigiese su vida. No había la más mínima evidencia de que estos pensamientos representaran algún tipo de realidad. Pero, por otra parte, ¿cómo podía estar seguro de que no eran reales?

Lo que sí podía probar —se le ocurrió— era justamente lo contrario: la irrealidad de los mismos. Si volvía a cruzar el puente

Centenario y no moría, eso sería una prueba de que tales pensamientos no eran sino meras imágenes vacías. Pero si lo eran...

A las cuatro de la madrugada, Tomás Tadeo Triana Tello tomó la decisión de arriesgar su vida. Mejor morir por lo seguro que vivir atormentado de esa manera. Se vistió en la oscuridad, salió de la casa en puntillas y condujo sin acelerar más de la cuenta por la carretera vacía. Cuando el puente, con su enhiesta colgadura de arpas empezó a asomar las puntas a la vuelta de las curvas, sintió que se le atoraban las válvulas de los pulmones y que no podía respirar. Pero siguió adelante. Atravesó el canal interoceánico. Hizo tres kilómetros más por el carril en la ruta, y entonces giró y volvió a cruzarlo de vuelta para regresar a su casa. Lo había logrado. ¡Había probado que el supuesto pensamiento profético era falso! Una tontería, una ridiculez. Se puso a silbar. Cuando entró en su casa, ya rayando el sol, estaba eufórico. Se sentía bien por primera vez en tres semanas. Se había terminado su miedo.

Cinco días después, al volver a su casa por la tarde después de otro día de trabajo, pasó junto a una profunda excavación a un lado del camino, cerca de un rascacielos.

VAS A CAER EN ESTA ZANJA, ANTES
DE QUE LA RELLENEN

Al instante se rió de buena gana. ¿Otra vez la misma estupidez? ¿Acaso no había comprobado ya que los pensamientos proféticos no existen? Pero esa noche no pudo volver a dormir. Era cierto que había comprobado la falsedad del pensamiento sobre el puente Centenario, pero eso no significaba necesariamente que el pensamiento sobre la excavación tenía que ser falso. Tal vez éste fuera real. ¿Y si el pensamiento sobre el puente Centenario sólo hubiera servido para darle una falsa impresión de seguridad? ¿Y si realmente estaba destinado a caer en esa fosa?

Cuanto más lo pensaba, más ansioso se ponía. Le era imposible dormir. Tal vez si volvía al borde de la fosa se sentiría mejor, como le había sucedido al volver al puente. Pero la idea no tenía demasiado sentido, porque si bien podía ir hasta la fosa y volver a casa sin ningún percance, nada aseguraba que no podía caer en la fosa en otra ocasión, más adelante, como se lo habían pronosticado. Pero estaba tan ansioso que valía la pena probar.

Una vez más Tomás Tadeo se vistió en mitad de la noche y salió sigilosamente de la casa. Se sentía estúpido. Casi se sorprendió cuando, después de haber llegado a la Calzada de Amador, y luego de pasar junto a la fosa e iniciado el viaje de regreso, comenzó a sentirse mejor, muchísimo mejor. Recuperó la confianza. Sentía que nuevamente era dueño de su destino. En cuanto llegó a su casa se durmió. Durante unas horas estuvo tranquilo, hasta que lo confrontó:

"cuatro a la tercera potencia es igual a sesenta y cuatro"

Ese era el pensamiento central; el único que no se atrevía a entretener como ilusión. Quizás, pensó, todas esas ideas supuestamente proféticas que le habían estado atormentando, y que él había comprobado que eran ilusorias, cumplían un propósito mucho más estructurado dentro de la trama real de su destino inexorable. Ni siquiera quería pensar en ello, pues cuanto más lo rechazara más se haría realidad. Nunca pensó que llegaría el momento fatídico. Sesenta y cuatro años siempre le parecieron una lejanía. Pero ahora estaban a la vuelta de la esquina. Literalmente: la zanja seguía abierta allí mismo, al otro costado.

Día de por medio le volvían nuevos pensamientos sobre su muerte, casi siempre cuando iba o venía en tránsito por las carreteras. Cada suceso se convertía en sí mismo en un peligro ambulante (y nunca mejor dicho), pues comenzaba a hiperventilar y su ansiedad se disparaba. No pocas veces tenía la compulsión de volver al lugar donde se le había presentado la imagen mental y si lograba hacerlo, volvía a sentirse bien hasta el día siguiente, cuando se presentaba el nuevo pensamiento y recomenzaba el ciclo.

Tomás Tadeo Triana Tello optó por cortar por lo sano. Se dijo que lo mejor sería ponerse en manos de la única persona en el mundo que poseía las claves para conjurar aquel portento. ¿Quién si no Antón? Alguna respuesta le daría. Después de todo calcular probabilidades, atar cabos sueltos y sacar conclusiones era realmente lo suyo. Por lo demás, Antón Simonelli era parte congénita de aquel fatídico sueño que le maniataba el destino. Un tipo de mañas tomar, cierto, pero quién era él a esas alturas del cuento para juzgarle el comportamiento a nadie, ¿y menos a Antón?

***

Un profundo silencio aséptico circula en la cabina de cristal, aluminio y caucho en la que Antón Simonelli se ha retirado para hacer su siesta. Dos toldos en forma de dosel amortiguan la luz tropical del sol. Afuera, una bandada de pericos chillones alborotan los cables del tendido eléctrico y compiten con el ruido de la autopista. Antón Simonelli tendido en un diván no se duerme. Sin embargo, sabe que está soñando. En el sueño, su padre, que se manifiesta sentado en un taburete en la mitad de un círculo de fuego, le muestra un pergamino que ha desenrollado encima de sus rodillas y que cuelga hasta el suelo. Con la ayuda de una espátula, Antonio María Simonelli saca de la candela que arde en círculo una redoma de cristal del tamaño de una pelota de fútbol, en la que bulle un líquido pastoso amarillo y se la entrega a su hijo.

Antón se levanta del diván, sale de la cabina y se sacude las pizcas de ceniza que han caído sobre los puños de sus mangas. Se refresca la cara y permanece inmóvil mirando su reflejo: un hombre joven que no flaquea en su tarea de conjurar (con maña, rito y pompa) el cumplimiento de lo ineludible. Aún así, hay algo de vacilación en el balanceo de sus brazos, en el quiebre de los hombros, después de que termina de abotonarse la camisa hasta el último ojal del cuello y le dice a lo que cree que es el fantasma de su padre:

—Nos alcanzó el tiempo papá: es el año, el mes, el día y la hora. Sólo quedan minutos y segundos. Después nada. ¿Debo hacerlo?

—A veces uno hace algo por los enemigos, hijo. Se les ayuda, incluso cuando se sabe que hay una sombra de traición colgada sobre sus hombros...

—A veces uno hace algo por los enemigos, dices, ¿y quién sabe eso mejor que tú?

— ¿Cuántas pruebas no te he dado ya? Todavía puedes hacer algo no por él ni por mí, sino por ti, hijo. La otra vez que soñaste conmigo no quisiste entrar en razón, no quisiste que te dijera nada de Tomás Tadeo Triana.

Ahora que está despierto la voz le resulta más lejana, menos acústica, pero con la misma autoridad que le persigue y le demanda. Antón Simonelli sale de sus aposentos y se encamina por el largo pasadizo tubular que cruza hasta el extremo opuesto del edificio. Antón no se despega jamás de su rutina. Evita pisar las junturas de las baldosas y no deja de saludar a todo aquel se va topando al paso con su ceremonial de reverencias y cabezadas. Piensa que dos meses atrás, el hombre que le espera sentado en la oscuridad todavía le parecía la prolongación en línea de su propio patrimonio regular. Ahora todo eso se está desfigurando ante la preponderancia de una conciencia, más antigua y profunda que la suya.

Antón Simonelli llegó a donde iba. Tocó la puerta una sola vez, pasó por su cuenta a la recepción, entró al despacho avanzando entre cabezadas y reverencias hasta el escritorio y acomodó el bulto redondo que venía cargando desde sus aposentos. Esperó a que el reloj marcará la hora exacta en que se cumplía el sexagésimo cuarto aniversario del nacimiento del gerente general de LABSIMSA y le quitó la capucha al bulto dejando expuesta, en todo su fulgor, la pasta amarilla que burbujeaba como un sol en el interior de la redoma de cristal. Acto seguido, tomó el medallón que ponía "seis al cuadrado", por un lado y "cuatro a la tercera potencia" por el otro, y se lo colocó, con delicadeza, al cumpleañero en el pecho. Luego, miró a ver si en los ojos del retrato de su padre (que estaba colgado en la pared), había alguna señal desfavorable que pudiera comprometerle, pero no encontró ninguna, cosa que le tranquilizó.

Sin embargo, y creyendo que era mejor darle un poco más de tiempo al tiempo, decidió ponerse a contar los números primos que hay en la secuencia de Fibonacci, empezando con el 233, y cuando llegó al 1597 (son menos de lo que parecen), ya sabía lo que tenía que hacer. Así pues, lo primero que hizo fue encapuchar de nuevo la redoma de cristal con la pasta amarilla. Inmediatamente, se fue a buscar el interruptor de las cinco lucecitas reflectoras que alumbraban el retrato de Antonio María Simonelli, y las apagó. Por último —y esto fue lo más notable— decidió olvidarse por un instante de sus fobias y aversiones, y le dio un beso en la frente al hombre muerto.

LA GRACIA FEA

"Weaving spiders come not here"
Shakespeare

La manera como Randolph tomaba posesión de sus criaturas era la de una danza ritual. La pirueta comenzaba con alguna tontería: una atracción fatal, un donativo impertinente, una encerrona, una intriga... qué sé yo; cualquier atrevimiento, más o menos controlado, que le permitiese al jugador ir calculando sus distancias para lanzar la primera movida. Todo lo que sucedía después, surgía de ese pequeño esquema.

La verdad es que tal destreza no le pertenecía exclusivamente a Randolph (ni a los que hemos jugado a su vera). Esa cadena de disimulos no era más que un recorte —y muy menor, por cierto— de una compleja estrategia de propiciamiento universal, que desde hace décadas se ha venido utilizando para contender las inhibiciones, que algunos novatos suelen acusar cuando son seducidos por el Juego.

Randolph, sin disputa, era el que más partido sacaba a este tipo de estratagema. Siempre fue un iluminado, y no sólo porque lo lleva en la sangre, sino también por su atrevimiento. Todavía me parece verlo en el Grove haciendo trucos con una baraja bohemia, mientras nos enseñaba a marcar las diferencias entre una "simulación" y un "enmascaramiento", o a interpretar los arcanos mayores. Fue él quien me eligió como su lugarteniente, allá por los años noventa, entre docenas de aspirantes de mi generación. Randolph también —que yo recuerde— fue el primero que nos habló (sin tapujos ni eufemismos) de lo que llamamos *gracia fea,* es decir: de la noble mentira piadosa y de la destrucción constructiva, iniciándonos en los misterios de la cremación de las preocupaciones, la redención por el pecado, la vivificación de las sombras y el verdadero rey del mundo. Sí, Randolph nos aclimató desde el alfa hasta el omega.

Como cada mes de julio, y desde hace más de un siglo, nuestro club se reúne en secreto (o mejor dicho: a escondidas), para celebrar por dos semanas el apogeo de la hermandad, y también para divertirnos con la mecánica de los nuevos juegos. Este año han aparecido un poco más de los mismos, y aunque el clima no acompaña —la humedad de este bosque es un fastidio— está resultando muy atractivo. En un mesa enmaderada, debajo de las secuoyas, se juega a la Catalaxia según las reglas de Hayeck. Al borde oriental del lago, en la cabaña apodada "Mandalay", se están montando un buen rollo con el juego de los terroristas. En mi equipo somos treinta y dos —sin contar todavía a Randolph— y hemos estado ocupadísimos con lo del síndrome del minotauro, creando laberintos. También se ha jugado al Sísifo (es decir: al suplicio) que consiste en ver cómo la gente va y sube otra vez la roca que le vuelve a caer encima.

Randolph me acaba de traer un opúsculo que sacó esta mañana de la biblioteca del campamento, y al que con orgullo de coleccionista califica de "incunable". Es uno de aquellos grimorios (que yo creía descatalogados), que los bohemitas publicaban durante los años cuarenta. Me contó, preocupado, que se corría la sospecha de que podrían haber detectado una infiltración aquí en el Grove. Últimamente eso sucede. Los políticos y los alguaciles quieren ser carismáticos y los académicos se han vuelto conspiracionistas. A pesar de ello, la victoria por nuestra parte no tiene ya vuelta de hoja, toda vez que el totemismo se ha convertido en la nueva ciencia, y el nihilismo, no la filosofía, se hará cargo de la cuestión eterna de para qué sirve el ser humano.

Con el crepúsculo del atardecer nos retiramos a nuestras cabinas. Luego hemos salido a beber algunas copas en el *Sempervirens,* y a las nueve nos han regalado con una cena opípara. Vigorizados por el contexto, muchos de nosotros nos hemos acercado a ver el santuario del Gran Búho, donde cruzaremos la octava noche hacia la madrugada del nueve. Aún se nota mucho ruido en el ambiente, pero se sabe que antes de la celebración de los diferentes servicios rituales, el griterío de los congregados se irá afinando hasta volverse un acorde armónico. Justo en medio de la laguna, han empezado ya las luces y los fuegos de artificio.

¡Tontos! ¡Tontos! ¡Tontos!... Recita por los parlantes una imponente voz histriónica: ¿Cuándo van a entender que a mí no me pueden matar? ¡Oh Gran Búho de Bohemia! ¡Príncipe de toda la mortal sabiduría...!

(Lo transcribo en su idioma original):
O Great Owl of Bohemia!
Prince of all mortal wisdom
We thank thee for thy adjuration.
Begone Dull Care!
Fools!
Fools!
Fools!
When will you learn
That me you cannot slay?

Una fogata de enormes lenguas enrojece la laguna. ¡Estremézcanse de triunfo, cófrades del arcano símbolo! En lugar de entrar andando, los nueve oficiantes llegan en sendas carrozas a la tarima, cada una más engalanada que la anterior; uno encaramado en un dragón, otro en mitad de los sellos de Salomón, otros más con semejanza de Saturno, de Prometeo o de Iblis. Los principales llevan una capa de color púrpura, recamada de brillos. Sobre el agua, y desde una manga del río, aparece la barca mortuoria que trae las ofrendas y los sacrificios que serán inmolados al Gran Búho. Un murmullo crece en coro jalonando el estribillo:

Fools!
Fools!
Fools!
When will you learn
That me you cannot slay?
As vanished Babylon and goodly Tyre
So shall they also vanish
Year after year you burn me in this grove.

Me separo del cortejo para ver dónde está Randolph, y lo diviso justo al centro de la tarima principal. Su altura lo destaca sobre el resto de los celebrantes. Va cubierto con un ropón negro, una máscara de Baphomet y lleva en la mano una antorcha. Sólo él se ha dado la vuelta quedándose con la vista clavada en la mole de hormigón de nueve metros que preside la ceremonia: el Gran Búho de Bohemia.

¡Ardan cargas inútiles!
¡Escrúpulos y cautelas!
¡Despojémonos de los remordimientos!
¡Que las conciencias no se ofendan!

Quemar las preocupaciones es la osadía perfecta. Sólo a los transgresores se les concede la redención. La ceremonia ha sido diseñada para activar las defensas y provocar una mezcla de grandilocuencia y estupor. Todo ello forma parte del entorno de este juego. El juego es seducción y seducir es fragilizar. Seducir es rendir. Seducir es obligar al otro a querer lo que no quiere. Es apartar al otro de su mirada interna. Seducir, a fin de cuentas, es anular las resistencias y conseguir ganarle la partida a la memoria.

Randolph ya no es *El Randolph*... y eso tengo que asimilarlo. En el último *summit* moloquiano, hará unos cuatro meses, se pasó de la raya con sus "interpretaciones" y anduvo en zancas de araña propiciando extrañamientos. Por eso me pregunto: ¿por qué está siempre fuera, andando solo? Entre estas afluencias él nunca se ha sentido objeto de intrusión; al contrario. En las jornadas del Gran Juego siempre hay una satisfactoria familiaridad, una ausencia de competencias. A nadie le interesan los prejuicios ajenos. Esa ha sido la inarticulada regla de oro de nuestras adhesiones, y sobretodo en estos días, en que venimos a celebrar, es necesario respetarlas.

Acepto que su vida es su vida, y no tiene por qué gustarme. Recuerdo, sin embargo, que él fue quien me enseñó a pactar con lo tremendo. Tú me pusiste en el disparadero, Randolph... ¿recuerdas? Tú me ataste de brazos y piernas y me ofreciste a la tentación. No alcancé a ser Prometeo, es cierto, pero me di a contar las cifras que suman sus laberintos. Así supe que el Gran Juego es antiguo y es contiguo… y deduje —a mi manera— cómo llegar sobre tu altura. *So shall they also vanish!*

Ha vuelto a amanecer, y en el Grove el holocausto arde todavía sobre la escena. A media noche, Randolph acabó desplomándose en la mitad del cortejo. No hubo gritos ni auxilios. Tampoco, por cierto, se escuchó ningún lamento. Aquel que fue en su día el gran catalizador, el iluminado fiel, un cófrade venerado, caía sin aliento. Había tenido que pasar por todo aquello justo allí: los temblores, las palpitaciones, la dificultad para respirar, el jadeo, la visualización de sus mágicos ardides, sus juegos de abalorios, los señuelos, los trucos, sus rayuelas.

¡Tontos! ¡Tontos! ¡Tontos!... seguía clamando el Gran Búho azuzando la ceremonia.

¡Despojémonos de los remordimientos!
¡Que las conciencias no se ofendan!

Randolph me llamó por mi nombre, me miró detrás de la máscara y alargó su mano hasta la mía. Por lo visto no sabía cómo interpretar su situación. Yo sí. Rememoré sus enseñanzas, pensé en la "gracia fea", y entonces le di la espalda negándole la misericordia.

LA SUERTE DE ULISES

Nunca se lo cuestionó, todo parecía predestinado. Lo que debía ocurrir sucedería como por un mecanismo de inercia, y todos sus movimientos —los suyos y aún los ajenos— se irían desencadenando igual que un juguete autómata: uno de esos artilugios hechos de curvas y hélices, en los que una bolita rebota en el trampolín de una rampa y salta empujando un resorte que hace girar las poleas, para que él, Ulises Dávila, pueda así ganar su apuesta.

Media hora de ruleta y dados era todo lo que precisaba para desbancar cualquier casino, y con muchos menos giros podía dejar sin blanca a una maquinita tragaperras. Ganaba también a las cartas y en otros juegos de sobremesa, y no había quien le redujera en los bingos, las loterías y hasta en las tómbolas. Pero he aquí que Ulises Dávila no era ni rico ni famoso. Tampoco ejercía poder, no ostentaba autoridad alguna y a la felicidad no la conocía. La dichosa buena suerte... aquella suerte impasible, era seguramente un mirlo blanco, y en lo que a él le había tocado, pesaba más como rémora que como supuesto don.

Ulises Dávila no aparentaba tener ninguna edad. Podían darle veinticinco, cincuenta, o los treinta y siete que en realidad tenía. Quizás por esa indiferencia consecuente a su rutina, su rostro, como buen tahúr, no cambiaba jamás de expresión; pero tampoco encontraba ninguna similitud con las estereotipadas cataduras de los jugadores profesionales. Proyectaba incluso a ratos, cierta obstinada irregularidad de la fealdad elegante, cercana a la de un actor de cine mudo, o a un personaje de historietas dibujado a tinta china, pero nunca nada que ver con esa típica caradura irreverente, tan propia de los que se creen con la fortuna en la boca. Y eso que, en su caso, semejante imagen era indisputable.

Había llegado a aquella ciudad con un plan establecido. Pasó todas las horas diurnas recluido en su acomodada habitación de cinco estrellas, y a las diez de la noche en punto, vestido de esmoquin, bajó al vestíbulo, salió a la calle, caminó un par de cuadras hasta el gran casino que bordeaba la bahía y, una vez en la sala de juegos, se acomodó en una poltrona de cuero desde donde se dedicó simplemente a mirar, mientras iba regando sobre un macetero todas las rondas de champán que le servían.

A la medianoche lo vio. Él ya sabía su nombre: Rufus Sobek, y también su ocupación: marchante de arte y antigüedades, que durante el día se dedicaba a negociar contenedores enteros de valor revuelto que traía de todos los puertos y que, noche tras noche, puntual, aterrizaba en aquel casino donde perdía rigurosamente tres cuartas partes de lo que lograba ganarse por el día. La última de sus esposas se había quedado con su casa, por lo que llevaba un tiempo viviendo en aquel bonito hotel de cinco estrellas, en el que también hacía mansión su perseguidor.

Era él. No tenía dudas. Ese hombre era Rufus Sobek. Y Rufus Sobek era su progenitor. Su instinto se lo decía. Enseguida decidió que tomaría contacto a la siguiente noche, cosa que no sería problema, amparándose en su buena suerte, el destino se lo permitiría.

Obligado estaba ir de un lugar a otro. Cuando la suerte le arrumbaba demasiado el bulto (y las casas lúdicas le cerraban sus puertas) tenía que cambiar de sitio. Pero esa no era la razón por la que encontraba allí en aquel momento: en esa pequeña ciudad-casino que apenas conocía. La ciudad donde había deducido que vivía la única persona en el mundo por quien sentía algo de curiosidad: el hombre que su madre decía que era su padre.

Cuando llegó el momento, no se precipitó. Ulises Dávila lo dejó estar. Lo vio apostar a locas y a tientas y perder como un idiota todos los números de la ruleta, y al cabo se le acercó: le invitó a una copa, le habló de arte y antigüedades y salió con él a la calle, dispuestos a cerrar la noche; pero he aquí que apenas habían dado un par de pasos en la acera, cuando Rufus Sobek, exultante, materializó un billete de cien dólares (en lugar del paquete de cigarrillos que buscaba en sus bolsillos) y exclamó en maravilla total:

—¡Pero bueno! ¿Esto qué es? Un dinerito virgen salido de mi bolsillo... eso merece una jugada, amigo. Ven, vamos. —Le dijo a Ulises Dávila (quien ya le llevaba la delantera) y ambos regresaron a la mesa de apuestas de la ruleta.

—Excelente. Ahora dime un número... rápido —indicó, soplando la ficha en el cuenco de las manos y mirando a Ulises Dávila.

—Ponlo donde quieras. —Le contestó apático éste.

—No, no —insistió Rufus Sobek —Dime en qué número te parece que debo poner la ficha.

Y Ulises Dávila le dijo:

—En el trece rojo.

—No me jodas —le chilló—, dime un número de suerte... un numerito sin gafe. ¡Pronto!

—El trece rojo —repitió Ulises Dávila— ponlo en el trece rojo.

Rufus Sobek plantó la ficha en la casilla roja sobre el número trece de la mesa. Se frotó una mano contra la otra y le hizo un guiño a su acompañante. Un minuto después sonó la voz heráldica del croupier:

—¡Trece rojo!

Ulises Dávila se acomodó la pajarita al cuello, mientras miraba las manos de Rufus Sobek tenderse hacia las fichas que se acumulaban junto a su puesto. El marchante de arte y antigüedades estaba maravillado y el cuerpo no le cabía de contento en el pellejo. Volteó la cara hacia su acompañante, quien se había hecho un sitio a su lado, y le dijo con voz nerviosa:

—¿Y ahora... qué me dices, amigo de la buena suerte? ¿Dónde pongo estas fichas?

—Déjalas todas en el trece negro

—¿Pero... estás loco...? —Le espetó el otro de un respingo. Pero Ulises Dávila le contestó autoritario:

—¡He dicho que las pongas sobre el trece negro!

Y como un perrito fiel, el hombre mayor bajó el lomo sobre el fieltro aceitunado de la mesa redonda, e hizo lo que el otro le ordenaba a su vera: clavó una mirada de pánico en la ruleta que se arrancó a dar vueltas y empezó a tragar en seco, conforme los giros se iban haciendo cada vez más lentos, hasta que la rueca detuvo su revolución y el croupier, impávido, dijo:

—¡Trece negro!

Varios gritos, ahogados de sorpresa, saltaron a la vez de muchas bocas. El croupier, entrenado para no delatar asombros, hizo justo lo que tenía que hacer y le empujó a Rufus Sobek el montón de fichas con la pérgola.

—¿Y ahora... y ahora...? —Preguntó Rufus a su acompañante con una voz de espectro.

—Ahora —le respondió Ulises con verbo de plana mayor— ¡nos vamos!

Y se fueron. El marchante de arte y antigüedades estaba en tal modo embobado, que la admiración (y espanto) ante su nuevo amigo le impedía decir palabra. Se repartió el dinero ganado en todos los bolsillos y, sin poderse contener se acercó a Ulises Dávila y le dio un abrazo. Caminaron juntos hasta el hotel pero no se dijeron nada.

Al día siguiente, Ulises Dávila ya no pensaba en la noche anterior pero sí en aquel hombre, y se dedicó con todo esmero a perfilar un plan, que para eso había venido. Por la noche, y como era de esperar, Rufus Sobek le tocó la puerta de la habitación para proponerle, con mal resuelta indiferencia:

—¿Te apetece ir al casino?

—Sigue tú por delante que yo te encuentro allá. Tengo que terminar algunas cosas primero.

Cuando Ulises Dávila apareció, horas después, en la casa de juego, se encontró a Rufus Sobek arrellanado en una gran poltrona mirándose la punta de los zapatos negros. Le dijo sin levantar la mirada:

—No he tenido suerte, amigo; y sólo me quedan estas fichas. ¿Por qué no vamos a la mesa y me dices los números?

—Apuesta al veintiuno negro.

Salió el veintiuno negro.

—¿Y ahora?

—Apuesta al quince rojo.

Salió el quince rojo.

—¿Y ahora?

—Apuesta al treinta y nueve negro.

—¡Ese número no existe en la ruleta! ...No jodas. ¿Dónde pongo la ficha?

—No sé. Te toca. Haz lo que te dé la gana.

Fue la respuesta cortante de un Ulises Dávila impertérrito, toda vez que ya le había dado la espalda a Rufus e iba camino a sentarse en una de las poltronas del bar.

Pero el otro ya se le había puesto delante, angustiado y muy inquieto:

—¿Quieres decir que debo suspender, por un rato, el juego... eh? ¿Es eso?

Ulises Dávila no le contestó, como no se espera que le conteste al paciente un médico que está observando el termómetro, o al deudor un usurero que está contando el dinero prestado. Se entretuvo jugando con las volutas de humo, para así evitar confrontar su mirada. Al término del pitillo, lo acometió de pronto:

—En resumen, ¿qué haces aquí? Ve a gastarte tu dinero... anda, corre.

—Voy. Ya voy. Vengo solo a pedirte que me des una pista... solo una más. La última.

La dependencia lo había vuelto tan sumiso, que Ulises Dávila se puso a reír sin disimulos. Se tomó el tiempo que le dio la gana, pidió otra cerveza, degustó los abrebocas y, moviendo de un lado a otro la cabeza, le señaló por fin:

—Al dos negro: apúrate...

Y Rufus Sobek saltó hasta llegar a la mesa de una de las ruletas. Se abrió paso entre los jugadores y apostó al dos negro. A pocos metros de distancia, Ulises Dávila escuchó el traqueteo de la rueda, luego un silencio expectante y la voz del croupier: "el dos negro".

—¿Y ahora? ¿Qué hago ahora, amigo... dime?

—Ahora nos vamos; y mañana volvemos y hacemos un pacto: tú yo.

Y así lo hicieron. El pacto consistía en lo siguiente: Rufus Sobek se comprometía a jugar todas las noches. Ulises Dávila le dictaría los números una noche sí y otra no. Los domingos partirían tanto las ganancias como las pérdidas.

A Rufus Sobek le pareció el negocio del año, del siglo... ¡de la historia! Se haría billonario a costa de aquel muchachito suertudo que se había encontrado en buena hora. ¿De dónde había salido? ¿Por qué no hacía las apuestas él mismo, si tenía tanta suerte? En fin, y como a caballo regalado, etcétera... qué más daba una cosa que otra; lo que tocaba era sacarle el mejor provecho... y a jugar, que para luego es tarde.

Y así anduvo el negocio "del siglo" durante más o menos tres semanas. Noche de por medio aquel diábolo de la suerte le sugería los números, Rufus Sobek volvía a ganar, al día siguiente lo perdía... y el proceso continuaba, dando la vuelta a sus símbolos. Ulises Dávila no fallaba: apretaba un instante los ojos, abría la boca, el otro tendía la oreja y escuchaba claramente el número. Después de siete u ocho jugadas, el marchante sabía que la voz del "diantre" no le diría nada más. Entonces recogían sus bártulos y se iban.

Ya se ha entrevisto que el dinero ni le quitaba ni le ponía absolutamente nada Ulises Dávila. Y sin embargo, por mil razones oblícuas, aquel negocio le encantaba. No era que el hombre le estuviera ganando el cariño. Nada más lejos —se dijo— sino que estaba otra vez sintiendo esa misma quemazón por dentro que no había vuelto a experimentar desde que aquel rayo asesino se descolgara de una nube y acabara con la vida de su madre mientras ambos hablaban por teléfono. Algo que no podía explicar se le acumulaba en las entrañas, como sólo puede acumularse el oxígeno en la sangre, cada vez que pensaba en su madre abandonada por Rufus Sobeck. Sí, seguramente lo odiaba: claro... y esa era una experiencia que él jamás había tenido el gusto de experimentar.

Mientras el juego seguía su curso, Ulises Dávila se iba haciendo testigo de cómo Rufus Sobeck se volvía cada vez más destemplado e irascible, con el vaivén de la fortuna. La riqueza no le alcanzaba nunca, ni le iba a alcanzar jamás. Entrampado como estaba por cuenta de su vida doméstica, y obligado a revalorar las pensiones de dos de sus ex-cónyuges, con cada nueva ganancia que conseguía en los casinos.

Lo que Rufus llamaba el "negocio del siglo" para Ulises era otra cosa: una sensación poderosa (de venganza) que le conectaba por vez primera con la parte de atrás de sí mismo. Se sentía inundado por una onda de bilis negra y violenta. "Así que esto era el odio" —se dijo— y en ningún momento lamentó no poder experimentar un sentimiento menos denso, más amable; y es que el odio estaba bien. Sentir era sentir. Y a eso, precisamente, había ido él allí: a ver si podía sentir algo más allá del desapego impasible en el que le mantenía ese diábolo sin nervios que le soplaba los números.

Ganaron a más no poder. Los crupier les miraban indiferentes, el público se apretaba alrededor de su esquina y los guardias de seguridad transmitían sus recelos detrás de sus comunicadores. A a la hora convenida, ganaron la última ronda, amontonaron las fichas, las cambiaron en la taquilla, metieron el dinero (que era muchísimo) en un maletín que Rufus Sobek se encadenó a la muñeca, y salieron por la puerta principal del Gran Casino. Allí mismo, y como si fuera una escena de película: una mujer espléndida, vestida de joyas, con los brazos montados en jarras como un ánfora de terracota, se abalanzó rotunda. Era la última de las señoras de Sobek y no estaba de buen humor.

—¡Vámonos! —le dijo Ulises Dávila a su pretendido padre, empujándolo como a un becerro hacia un costado de la acera. Rufus Sobek corrió, pero la mujer, agilísima, se le volvió a poner por delante, esta vez con los brazos en cruz abiertos como si fuera el Cristo del Corcovado, y de un solo manotazo agarró el maletín por el asa y comenzó a tirar con fuerza. Ulises Dávila, casi tan asustado como el propio Rufus, atinó apenas a apretarle la muñeca a la ex mujer de Sobek, hasta lograr que abriera el puño y soltara el maletín, y le encaminó hasta la acera de enfrente; pero antes de que pudiera alcanzar el otro lado, Rufus Sobek se plantó muy firme en la mitad de la calle, pareció decirle algo a Ulises y luego le hizo una reverencia, y se lanzó con impecable precisión bajo las llantas de un camión.

Lo siguiente que se vio fue cómo volaban sobre el pavimento los billetes manchados de sangre.

EL MASCARÓN DE LA ELVIRA

Todo —en el vario cosmo— es una ronda
que tejen, la materia y el espíritu,
con su única energética, la onda.
Rogelio Sinán

Yo no sabría si calificar a Matilde de vacilante o dubitativa, pero permítanme convenir, que no siempre le resultaba fácil tomar una decisión. Al principio parecía que le daba lo mismo una cosa que la siguiente (o incluso que la contraria): el azúcar o la sacarina, las faldas o los pantalones, los mangos o los caramelos... pero al final, terminaba siempre jugando al tin-marín. Mas si difícil le resultaba resolverse —fuera por desidia o por indiferencia— no era menos cierto que una vez orillada a algo, que nada ni nadie la hacía cambiar de opinión.

Nunca pude desmontar el dilema de sus ambigüedades, pero me acostumbr*é* a su ventura como una mecánica de sobrevivencia. Treinta años bajo el mismo techo dan para muchas paradojas, y cuando vivimos en pareja, llegamos a correspondernos tanto, con nuestras mutuas rarezas, que no sólo las domesticamos, sino que hasta olvidamos el efecto que este tipo de contubernio puede ejercer sobre los demás. De ahí que cuando apareció Yolanda, la hermana menor de Matilde, saltaron todas las liebres. Y no se crea que fue porque a esta última le contrariara la incomprensible vacilación de la primera, sino por todo lo contrario. Ya me explicaré.

Lo que intento decir es que a mí todo ese titubeo hamletiano: que si el ser o el no ser, que si a lo mejor, quizás, quién sabe... conseguía ciertamente ponerme de los nervios, pero de ninguna manera me hacía temer por mi cordura o viciaba mi sanidad mental. Matilde, mi mujer, tenía su propio formato para sacar de quicio a cualquiera (yo el primero), pero Yolanda era otra cosa: esa te carcomía el cerebro.

Mi mujer y yo nos ocupábamos de la conserjería y mantenimiento de un peculiar edificio de apartamentos reconocido en la comunidad como "La Elvira"; una mole arquitectónica de cuatro pisos de altura, con toda la semejanza de una enorme proa de barco, que había sido construida en las primeras décadas del pasado siglo XX, justo sobre la cuña angular de una calle bifurcada en una perfecta Y griega.

"La Elvira" era un precioso anacronismo en toda regla. No sólo no se compaginaba con ninguna de las construcciones aledañas de su barrio, sino que parecía irrumpir en abordaje contra cualquier monumento que se arrimase a su acera. La casa era un magnífico muestrario de *art deco,* pero lamentablemente había pasado por todas las trasfiguraciones del espectro urbanístico durante las últimas doce décadas: regia mansión aristocrática, hotel de cierto lujo, galerías comerciales y al momento, propiedad mancomunada de departamentos habitacionales. Y allí estábamos mi mujer y yo, trabajando como conserjes desde hacía ya diez años y, haciendo lo posible por mantenerla a flote.

Matilde (y por la misma virtud, su hermana) estaban emparentadas con los dueños originales de "La Elvira". Eran las últimas descendientes de una antigua familia criolla de capital venido a menos, y cuando la finca se dividió —atendiendo un curioso legado— les tocaron en propiedad dos de los actuales apartamentos del inmueble. Uno de ellos, el que nosotros ocupábamos como matrimonio, era un cómodo pisito a pie de calle de dos dormitorios grandes, un patio interior soleadísimo, y un saloncito triangular que aprovechábamos como despacho y un poco como biblioteca. El otro apartamento que hacía parte de la herencia, correspondía a uno muy curioso —y ya se verá por qué— situado en la última planta, justo en lo que podía denominarse "la proa" del inmueble, y desde siempre se le había conocido como "*el mascarón de La Elvira*", porque a través de las ventanas y postigos que lo circundaban, se podía ver de cerca el bulto de la misteriosa talla que se descolgaba de la fachada exterior: una suerte de sirena marinera que se abalanzaba en cuña sobre el alféizar, con los brazos cruzados sobre el pecho y una corona de flores repujada sobre la larga melena. Ese apartamento era, sin duda, el espacio arquitectónico que mejor guardaba aún la originalidad ecléctica del inmueble: con su bonita escalera de caracol, su altillo de barandales, y un enorme ventanal oval que semejaba un puente de mando. El insólito apartamentito, sin embargo, era un lastre inmobiliario. Tenía un solo dormitorio, el baño era anticuadísimo, y carecía de una cocina funcional para la época. Su abandono estructural y falta de rentabilidad, lo había convertido, pues, en una carga familiar.

Era "La Elvira", por su propio diseño, un laberinto sin concierto. Y en ello estaba su originalidad. Cada uno de los apartamentos que ocupaban los cuatro pisos, era único en tamaño, en distribución y estructura. Desde la calle —ya lo he dicho— aparentaba un gran navío, y era fama que sólo gracias a esta semejanza, flotaba en tierra todavía.

Como cabe esperar, nuestro trabajo en semejante edificio no parecía terminar jamás. Con la mínima asistencia de una señora de la limpieza y de un "manitas" ocasional, Matilde y yo nos encargábamos de atender las áreas comunes: los aparcamientos, los trasteros, los maceteros, las escaleras, los pasillos, los ascensores y el vestíbulo. Entraba también en nuestro oficio el control de las llaves de paso, los depósitos de gas, el aljibe de la azotea, las antenas parabólicas, los contenedores de la basura, así como el estar pendiente de qué puertas se desencajaban, qué paredes se humedecían y a cuál de los inquilinos se le atascaba el fregadero.

Nuestra pequeña comunidad de vecinos —compuesta en su mayoría por jubilados y pensionistas— era bastante llevadera. Esto dicho dentro de su monotonía. Y es que las auténticas exigencias provenían de la propia *Elvira* —como monumento en sí—. Puedo afirmar, por mi experiencia, que generalmente era ella misma la que nos mostraba sus necesidades.

***

Yolanda acababa de convertirse en la última huésped de "La Elvira". Rápida y porfiada, el inmueble se le antojó incontinenti en una suerte de laboratorio de no sé qué especialidad para su grado de antropología. Al poco de acuartelar sus bártulos en nuestra habitación de huéspedes, la hermana menor de Matilde se lanzó a tomar fotografías y a "entrevistar" hasta la impertinencia a todos los inquilinos; y lo enervante era que mi mujer, con su proverbial ambigüedad retórica, no hacía más que darle cuerda (por no decir patente de corso) para que la otra campeara a sus anchas, persiguiendo a saber qué historias.

Mi cuñada había venido en principio —o al menos eso creía yo— para arreglar el pequeño apartamento que debía ponerse en alquiler. Y aunque de hecho ella entraba y salía —con Matilde de pronto a su vera— yo aún no había visto, en serio, ningún movimiento de limpieza, y mucho menos de obra.

Una madrugada, antes de que amaneciera, cargué con las llaves maestras y entré al mascarón de La Elvira. No recordaba que había allí tantos chécheres, y menos aún que algunas paredes estuvieran revestidas de estanterías. En la diminuta escalera de caracol que conectaba con el altillo, había montones de viejas cajetas, tanto de zapatos como de sombreros, y sobre una rinconera de mármol, un antiguo recuadro de yeso enmarcaba aún la fotografía de una joven y rubia mujer. En alguna otra repisa, unos bultos de periódicos amarillentos se mimetizaba con el descascarado papel tapiz de las paredes y los despojos de décadas. Yolanda, por lo visto, no se había preocupado siquiera por quitar las telarañas o enjuagar la mugre más visible. Subí al altillo, abriéndome paso entre aquellas cajetas desparramadas, y me llamó la atención, por contraste, que las mirillas acristaladas, que encuadraban el altozano, aparecían muy bien lavadas y perfectamente diáfanas.

El crepúsculo del amanecer empezó a iluminar los cristales del gran ventanal ovalado que daba al edificio su característico perfil de proa de barco. Y allí mismo: justo enfrente, el verdadero mascarón de la Elvira, colgaba de manera espléndida, perfectamente encajado en un saliente de mampostería. Me puso la carne de gallina encontrármela así de cerca. Era mucho más figurativa y realista de lo que yo me había imaginado, y aquel rostro, lo confieso, me impresionó sobremanera: tenía una expresión extática, una melena larguísima, y también muescas (como lágrimas) que contorneaban sus mejillas.

Salí de la estancia ensayando cómo iba a decirle a Matilde que me explicara lo que acababa de ver. Claro que era asunto privativo suyo. De mi mujer y de su hermana Yolanda. Eran ellas las que tendrían que decidir, finalmente, si querían o no arreglar aquel destartalado pisito para ponerlo en alquiler. Las herederas eran ellas, y no yo, faltaba más. Pero bien podían haberme dicho qué era lo que habían estado haciendo, o lo que querían realmente hacer. No les pedía nada más.

Matilde me contó varias cosas que no se compadecían entre sí. Por una parte me vino con el cuento de que Yolanda había descubierto no sé que legajos familiares importantísimos... Al rato me dijo que nada, que lo único que habían encontrado en las repisas era algunos álbumes de fotografías. Al fin: ¿en qué quedamos? Pregunté. Pero por toda respuesta, y fiel a su ambivalencia, me volvió a cambiar la historia. Lo único medianamente coherente que pude sacarle en claro, fue que su hermana y ella no querían (por el momento) alquilar la habitación.

—Es por la tía Concordia... ¿sabes?

—¿Saber... qué, Matilde? ¿De qué carajo estás hablando?

—No te puedo decir más.

—Muy bien, no me digas nada; pero conmigo entonces no cuenten, ni tú ni Yolanda, para arreglar el apartamento.

—Es que no queremos arreglarlo.

—Perfecto. Pero después no te quejes de la falta de alquiler.

Y así las cosas. Ellas dos a lo suyo y yo a lo mío... hasta que ocurrió lo que voy a contar. Serían cerca de las seis de la tarde, cuando me alcanzaron un par de gritos desde lo alto de la última planta. Pensé en doña Carmelina (una anciana que vivía con su hija) y me eché a correr arriba andando por las escaleras, pero al llegar al pasillo del cuarto piso, a quien vi fue a mi cuñada mientras procedía a cerrar la puerta del piso del mascarón. Mi mujer se había arrellanado sobre el borde de uno de los maceteros y parecía haberse quedado embobada por algo, pues aún tenía la boca abierta. Entre las dos se cruzaban miradas, como pidiéndose cuentas mutuas, y creo yo que Yolanda temió que Matilde fuera a decirme algo, así que fue ella quien habló primero: "Un ratón" —me dijo y volvió a mirar a hermana que seguía sembrada en el pote como una enredadera.

—¡Ratones, si!

—¡Muchísimos!

Algo les había ocurrido... y no era cosa de roedores. No les dije nada de importancia, porque no tenía ningún sentido seguirles la corriente, por lo que me devolví ascensor abajo, mientras las dejaba allí con lo que fuera que las había hecho gritar del miedo. Más bien convenía esperar.

Después de una hora larga, las dos hermanas reaparecieron y se sentaron, una en el comedor y la otra en un sillón de la sala, sin dejar de mirarse con el rabillo del ojo. Yolanda apagó todas las lámparas, excepto un pequeño hongo de cristal apantallado y pude oír lo que le decía a Matilde (para que yo la escuchara): "Enséñaselo; es mejor que los sepa". Y una de ellas me mostró la caja.

Miré adentro, por supuesto, pero no vi nada extraordinario más allá de una serie de viejos recortes de periódico y algunas láminas escritas en tinta negra desteñida. Removí el contenido leyendo algunos titulares. Una nota en particular me llamó la atención. Se refería a una mujer que vendía "zapatos de piel de niña" (donde la piel era la de la niña, no la del zapato). Me dio un repeluz y la dejé. También había en la caja una foto en blanco y negro, en la que aparecía una mujer de unos treinta años, tomando de la mano a una chiquilla de poco menos de diez. Detrás ponía: "Tía Concordia y Elvirita, 1959".

—¿Quiénes son? —Pregunté con sincera curiosidad.

—Mamá es esa niña: Elvira. Y la otra, la mayor, es su tía Concordia, hermana de nuestra abuela.

—Pero... ¿cómo que esta Elvira es tu madre? Si tu madre... es decir, la madre de ustedes ¿no se llamaba Manuela?

—Ese es el punto. —Intervino Yolanda, prácticamente arrancándome la fotografía de las manos.

—Ustedes dos, por lo visto, han descubierto algo muy fuerte y no me lo quieren decir. ¿Qué es... se podría saber? —Inquirí, delatando mi molestia.

Matilde me miró y suspiró; trenzó los dedos de ambas manos y los apiñó, señalándome que estaba hecha un lío, pero Yolanda abrió la boca primero y dijo:

—Creemos que nuestra verdadera madre era Elvira; la de la leyenda... que murió en esta casa.

—¿Y Manuela? ¿Quién era entonces Manuela?

—Eso es lo que queremos averiguar.

Y quién era yo para contradecirlas. Al fin de cuentas tales conjeturas se les antojaban como una prolongación natural de las deseos que habitaban tanto en sus mentes como en sus corazones. Yolanda, incluso, parecía celebrarlos. Los objetos "inexplicables" formaban parte de su universo de estudio: sombras que cruzaban de canto a canto un pasillo donde no debería haber ningún reflejo de luz. Un día hablaban de la tía Concordia, al día siguiente decían "haber hablado *con ella*", y hasta parecían intercambiarse señas, sin reparar en mi presencia.

Con asombro pude ver que mi mujer y su hermana se habían levantado al unísono, y me dominó una turbación atroz, una sensación de azoramiento como no deseo volver a experimentar jamás, pues nunca, antes ni después, he conocido otra semejante. Y es que ambas miraban también en aquella misma dirección. Yo me acerqué por detrás a Matilde y observé lo que nunca sabré si fue o no una ilusión óptica. Un manifiesto bulto opaco atravesó, por fuera, el ventanal del frente. Supuse que no era más que el reflejo del viejo mascarón que flotaba suspendido sobre el ángulo de la fachada, y me devolví sobre mis pasos para ver si surgían explicaciones. Quise entrar primero a razonar conmigo mismo, para luego decidir si era o no prudente contarles a mi mujer y a su hermana que yo también había vuelto a ver a la tía Concordia, con sus cajas de zapatos y su vestido de época, entrar por la puerta del jardín de la calle izquierda (esa que estaba condenada desde hacía años con cadena y candado). Pero para mí, pobre racionalista, las puertas condenadas no se abrían desde los jardines amurallados, y las clavijas vencidas por la herrumbre no tenían derecho a girar en sus goznes para dejar pasar a la antigua dueña de "La Elvira" en una comunidad de vecinos que la distanciaba por medio siglo. Y sin embargo, los tres escuchamos que el ascensor se detenía, que la puerta de reja se abría y se cerraba, y que de nuevo el ascensor se ponía en movimiento. Yolanda corrió a asomarse a la ventana del recibidor y Matilde la siguió. Pero el edificio, ya lo he dicho, está construido entre dos calles en forma de cuña angular, así es que tiene dos frentes. Por mucho que uno saque medio cuerpo afuera por una ventana, no alcanza a ver más allá del vértice de la esquina de enfrente. Y si alguien sale del edificio y se va caminando por las calles laterales, desde adentro es imposible verlo.

Yo no estaba preparado para oír, por boca de Matilde, lo que Yolanda le soplaba al oído. Ambas mujeres habían crecido creyéndose hijas de quien era en realidad la mujer de su padre, es decir su madrastra. La madre, la verdadera madre, enloqueció después del parto de Yolanda. Y tenían las fotos, las cartas y los documentos para probarlo. El edificio se llamaba como el mascarón, y el mascarón como la madre: Elvira. Locas. Sí. Se habían vuelto locas, cada una a su manera. Matilde andaba en trance; no paraba de brujulear por el altillo del *mascarón*, pero sin remover una mota de polvo ni quitar las telarañas; y Yolanda llevaba un inventario, archivaba documentos: los legajos de cartas, los recortes de periódicos y las cajas de zapatos repletas de fotografías. Las cajas estaban colocadas en hileras sobre los anaqueles. En la primera que dejé sin tapa, había escenas de "La Elvira" en la que habría sido su mejor época. Fotografías de cada salón, las escaleras, el espléndido tramado del damasco en las paredes, las columnas del foyer, las lágrimas de cristal de las arañas luminarias, las cortinas enjaretadas de satén y seda cruda dejando caer sus pliegues desde el alfeizar al suelo; un salón diáfano y luminoso, y mi mujer y su hermana —¡adultas y vestidas de época!— alrededor de un piano de cola en el que está sentada Concordia, la tía abuela. Y está también Elvira. ¡Elvirita la bella!

Volví en mí, no sé en dónde, sintiéndome adolorido. Me ardían infinito los ojos y me palpé apenas con los dedos, para tratar de centrar las lentillas que flotaban sobre mis pupilas. Pude ver que ya había estrellas brillando detrás de las nubes sin luna, y que que el gran ventanal del altillo estaba abierto de par de par. Entonces las vi venir, bordeando el alféizar por fuera. Parecían ser muy livianas, pero había en la silueta de la estaba en el medio, una fluidez más lívida. Tuve la sensación de que si las tocaba caerían desmenuzadas y convertidas en polvo, y no obstante, me les acerqué. Era evidente que Matilde y Yolanda eran de carne y hueso.

Ignoro si me será posible describir, coherentemente, el cúmulo de situaciones que se sucedieron después de esto. Al recordar el propio pasado todos nos sentimos predestinados y muchas veces convenimos en ubicarnos justo en el punto crucial de ese preciso recuerdo, aunque en la realidad las cosas hayan podido ocurrir de otra manera. Sólo puedo decir que estas alturas de lo sucedido, todo sigue aguardando una respuesta. A estas alturas de lo sucedido, todo sigue aguardando una respuesta. Ignoro, por mi parte, si se trató de un portento... o si lo que hubo, simplemente, fue una trágica coincidencia. Lo único que puedo decir (sentado sentado como estoy junto a esta talla marinera) es que hay territorios, en esta vida, en los que no existen pronósticos garantizados.

DOLORES GARBO HABLA

Ahí pero dónde, cómo...
Julio Cortázar

El silencio aparente en el que Dolores Garbo vivía, le había conferido una mecánica de precisión a sus gestos. No era sorda ni muda, simplemente no hablaba, pero como nadie sabía a ciencia cierta la razón de su sigilo, se decía que esa misma elipsis que la mantenía con la boca cerrada, le había regalado a cambio un oscuro privilegio.

Era una mujer huesuda, larga y carniseca; una especie de presidente Lincoln sin barba y sin sombrero. Pómulos saltones, faldas hasta los tobillos, maquillaje de los años cincuenta. Imposible imaginar alguien tan desfasada del siglo; todo lo cual, sumado a la circunstancia de que se trataba de una fotógrafa de alto renombre profesional, llenaba de contradicciones cualquier conversación sobre ella.

Un rumor que circuló por años solía combinar a Dolores con cierta especie de logia, secta o cofradía. Todo, a simple vista, denunciaba algo escondido (por no decir clandestino), y las puntas de esa viciosa especie, que nunca dejaban de bifurcarse, le habían dado cuerda a una miscelánea de impertinentes leyendas urbanas.

Antes de caer en el silencio —eso se sabía por las habladurías— Dolores Garbo era muy expresiva, tanto con su vestimenta como con la lengua. ¿Qué demonios le había sucedido? ¿Por qué se había vuelto muda? ¿La habían obligado a cerrar la boca? Y la pregunta del millón: ¿Por qué sus fotos causaban tanto revuelo —por no decir espanto— y eran vistas y desaparecidas? Había pasado de ser una invisible cámara, a convertirse en una sorprendente artista de altos vuelos. Y todo por sus fotografías. Esas que enfocaban cosas que nadie más veía.

Casi nadie creyó nunca que su mudez era producto de algún desperfecto natural. Y es que si ya causaba dentera el recargo de su objetivo, era imposible entender cómo hacía para fotografiar la perfidia, el rencor, la traición, los celos... o lo que estaba aún por suceder. Y mientras pocos se atreverían a competir con su talento, lo único cierto del caso es que se la temía profundamente. ¿Miedo a Dolores Garbo? Miedo-pánico; sí porque nunca se sabía a quién, o qué, iba a aparecer colgado de los hilos de un tenderete de fotos que a ratos aparecía a la entrada de una popular cafetería.

Los tenderetes de Dolores Garbo no tenían desperdicio. Habiendo ganado la costumbre de reflejar los matices exactos (como compensación de su elipsis) sus ojos eran lo bastante dinámicos como para jugar con el obturador con precisión de gato. Era una fiera en hacer encajar las sutilezas, y ese tipo de amalgama óptica le permitía lucir frente al visor un objetivo fiel ... y acaso mucho más.

Dolores pasaba muchas horas recorriendo la comunidad. No había nunca verdaderos indicios para que su cámara terminara captando esas insólitas fotografías. Sucedía, simplemente. Una excursión de verano, dos parejas frente a un árbol, una anciana en la ventana, un hombre paseando a su perro, la vendedora de hortalizas. Con el lente en la mirada podía sentir lo que veía, extrapolar cualquier reflejo, detener el latigazo del viento en una cuerda, interceptar cualquier sonrisa, tropezar con mil secretos, atar con luces y sombras las consignas de la época, el desbarate del ánimo, la soledad de un recuerdo.

Está claro que las fotos que Dolores solía colgar ante el público no tenían desperdicio; y aunque es cierto que a primera vista podían parecer muy artísticas y hasta sin malicia alguna, no lo es menos que en la comunidad todos temían hallar en estas imágenes algo encubierto y prohibido. Y eso era precisamente lo que al rato sucedía: cada quien las contextualizaba según sus propias aprensiones, y la provocación, por supuesto, quedaba siempre servida.

***

No andaba Dolores Garbo en ninguna aventura concreta, cuando se recogió los faldones y se sentó sobre la hierba a la sombra de un mangostán. A falta de interés y ganas para hojear las revistas de modas (de esas que compraban sus fotografías menos originales y comprometidas), se distrajo mirando al través del visor digital de su cámara: una mujer saliendo del trabajo, una mujer cruzando la calle, una mujer comprando naranjas, una mujer subiendo las escaleras, una mujer entrando a su casa, una mujer que va a recibir una paliza de su pareja esa misma tarde. En la penúltima de las fotografías, ya se le ve el labio hinchado, y en la siguiente, un gran moretón le cubre el ojo derecho hasta la oreja.

Las anomalías se disparaban justo cuando el objetivo las captaba. En un día claro era cuestión de sola exposición. Otras veces era necesario ir apuntando varias tomas, porque las anomalías solían aparecer en el tránsito de alguna secuencia. El problema que quedaba pendiente, es que no se podía saber si una figuración había ya sucedido o estaba aún por suceder. Varias veces había capturado sucesos que parecían ser proféticos (como por ejemplo la secuencia de ese maltrato de género), donde aparecía un encadenamiento que traspasaba la toma original. Este tipo de episodios, sin embargo, era la excepción y no la regla. Lo que regularmente sucedía —de acuerdo con su experiencia— era que de pronto una secuencia quedaba atrapada en un bucle: —un niño perdido en un parque, un ahogamiento a media noche, un falso dictamen pericial, una conjura administrativa, un cleptómano circunspecto— generando continuidades y visiones paralelas. La experiencia había llevado a Dolores a figurar una serie de esquemas. Sabía, por ejemplo, que el fenómeno necesitaba una distancia de mínima de aproximación, y que había algo así como un "espacio ciego" en el que nada aparecía.

Dolores no era ajena al trastorno de estos hechos. Una vez había retratado *in loci* la cara inflamada y fofa de una famosa suicida, cuando fue levantada de las aguas con las manos amarillentas, el pelo plagado de hojas, légamos y espumarajos. El expediente oficial del suceso, adjuntaba tres fotos al margen, donde se podía ver a la fallecida siendo empujada desde el puente por un hombre que todos conocían perfectamente como el marido de la occisa. El tribunal, sin embargo, las rechazó como prueba

La pregunta que la perseguía cada vez que colgaba sus fotos, era: ¿estaré haciendo bien o mal? Un suceso, que no debía estar en el recuadro, pero que evolucionaba constructivamente, le entonaba el humor e incluso la tranquilizaba. Los trampantojos, por otra parte, no los sabía procesar. Es arte... sólo arte... se decía para relajar la tensión. Y sin embargo, cómo no imaginar las vueltas que aquellas visiones alternas estarían produciendo en la fábrica del universo, y hasta qué punto estas anomalías le acabarían pasando factura. ¿No era acaso, por eso, que se había quedado muda?

Caminando por el parque, una pareja recostada a un árbol, le llamó enseguida la atención. La cámara se le disparó por instinto. La muchacha echó la cabeza hacia atrás. Era realmente una niña. Tenía el rostro redondo y la mirada crédula. El joven que la acompañaba no era muy alto, pero sí fornido, con las mandíbulas apretadas, los ojos intranquilos. Como siempre, los enfocaba enmarcando el paisaje, desde un ángulo discreto. No era asunto suyo las intimidades que estaban, o no, compartiendo. Más bien lo quería era retratarles las manos y por eso se aproximó, para pillar, de pronto, ese coqueteo silencioso que ocurre cuando los dedos se tocan y se retractan, sin decidir aún si se rozan, se aprietan o se manosean; pero el ojo de la cámara miró entonces por su cuenta y retrató la cara de la chica: un moretón feo en un costado de la cara, desde el lóbulo de la oreja hasta el pómulo. Lo peor de la herida es que era tan nueva que aún no aparecía a simple vista. Dolores Garbo miró la fotografía, y la cerró con impotencia.

Una mañana, el sol bajó a iluminarla, prestándole por artificio algún calor a la frente, a sus pómulos puntiagudos y a sus manos de salamanquesa. Llevaba, como cada día, un untuoso maquillaje, que se le resquebrajaba en estrías alrededor de las ojeras. Allí, de pie (en su sueño) le hicieron llegar un mensaje que le proponía una disyuntiva. Dolores Garbo se despertó contrariada: le dolía muchísimo la cabeza; se tomó a sí misma una fotografía, se miró la herida en el cuello, pero prefirió seguir sin voz.

BÁLSAMO DE PANTERA

La vida es como el boxeo en muchos e incómodos sentidos. Pero el boxeo solo se parece al boxeo.
Joyce Carol Oates

Supongo que debí decírtelo de otra manera Charlie, tú perdona... pero se me complicó el momento, ya lo sabes, me fallaron las piernas, se me acabó el aliento y cuando intenté esquivar el golpe: ¡pum! eso fue todo, quedé en la lona hecho una ameba.

Lo que vino después ¿qué quieres que te diga? ...tú estabas ahí, tú lo viste; sólo que para mí la cosa no fue siquiera como tú te lo imaginas. Y es que al final, tú no sabes nada, Charlie. Nada. Para empezar no hubo síncope, ni pérdida de la conciencia, ni palitroques, ni pitos ni flautas sino un choque anafiláctico. ¿Sabes cómo se deletrea esa palabra? ...yo tampoco la había oído, pero cuando me di cuenta ya no me sentía el pellejo, la lengua me pesaba y solo veía el vaivén de las luces meciéndose en el techo.

Y te lo digo en serio: lamento sinceramente que no hubiese habido entre nosotros una conversación como Dios manda sobre un asunto esencial para el negocio. Yo también tendía que haberte contado algo importantísimo Charlie, relacionado con Alcibíades. A que no tienes idea qué... La confianza que existía entre nosotros nunca se basó en el respeto, no nos engañemos, sino el la pura conveniencia. Y a pesar de eso: tú y yo, en el fondo, bien que nos comprendíamos; sí, sí... teníamos química; nos traspasábamos las ideas en banda y casi sin decir ni pío; hablábamos por señas, ¿te acuerdas? yo alzaba un hombro, tú estirabas el cuello, el dedo del medio, un golpe de cejas... ¡ecolecuá! ...por eso fue que supuse que me lo captarías al vuelo, que en el peor de los casos siempre habría tiempo antes de la pelea; y pasó lo que pasó... ¿cómo más quieres que te lo explique, Charlie? Es que ya yo te había dicho que no me confiaba de Alcibíades. Pero luego, como te digo, se me fue achicando el tiempo y cuando volví a acordar ya era un fiambre en una camilla metálica, con un par de guantes de caucho palpándome las costillas, echándome agua con una esponja amarilla y manoseándome entre las nalgas sin el menor respeto.

Al principio fue atroz, Charlie, ni te lo imaginas; pero ahora todo ha caído ya y por suerte en su lugar, en mi cabeza se ha estado activando un remolino de fuerzas, que si bien algo tendrá que ver con aquel fatal acontecimiento, debe traer también, por su cuenta, méritos para asombrar a todos... y a ti el primero, Charlie... sí, sí. Ya me comprenderás. Déjame contarte... ahora escucha.

En el borde del suceso, las paredes empezaron a alejarse arrastrando en tren todo lo que me pasaba, rapidísimamente, entre la nuca y los párpados: el bálsamo de pantera, un turbante de toallas azules, un cuadrilátero acordonado de plástico, los apostadores, los apoderados, los adversarios, los contendientes y los payasos buscando pelea; un entrevistador del noticiero, el comentarista y la muchachita de moda, el fantasma de los guantes rojos y los resplandores de la escena; y la gente, la gente, la gente con el teléfono móvil pegado al pabellón de la oreja; la gente moviendo los pies sin salir de su agujero, dando cortos pasos hacia los lados y retirándose al mismo tiempo; gente a la desbandada como en un baratillo de saldos, empujando mi cuerpo por delante, por detrás, contra la oscuridad, como un bastón de ciego extendido hacia el vacío y contra la lividez de ese otro cuerpo que me apretujaba y me hacía resbalar sobre el sumidero de loza, recostándome una y otra vez contra las cuerdas, un maldito aprovechador, Charlie, sacándole tajada al viento.

Pero en fin, Charlie ¿recuerdas lo último que te dije? Que volvieras a tu habitación y que te recostaras un rato. No debiste quedarte allí ni un minuto más, con Alcibíades dando vueltas y el otro sacando pecho y puyándome las costillas con su bálsamo de pantera. Yo pensaba explicártelo todo... contártelo entero y sin falta, pero me ya no me dio tiempo, Charlie, lo siento. Así no era como tenían que haber sucedido las cosas. Este no era plan. ¡No, no, no! Pero qué quieres que te diga, ahora... todo sucedió tan rápido... yo estaba cansado, furioso, excitado, loco. Cierto que había perdido buena parte del control; pero verdad, también, que tú debiste interpretarlo... pero, no: se te fue la onda y miraste para otro lado, mientras le decías a los segundas que me untaran más cera en el cuello y las ojeras.

Entonces fue que Alcibíades te gritó. ¿Te acuerdas? Se llevó la mano al hígado y me señaló y tú mismo me viste respirando con dificultad. Johnson andaba a tientas, parecía un perrito sin dueño correteándose su propia cola, y es que cuando creía que yo avanzaba en realidad él retrocedía y yo seguía mareando al toro. Ese asalto había empezado a desbordarse, Charlie; estábamos a punto de hacer una barrabasada, de perderlo todo; así que tú tomaste cartas en el asunto, y ya era hora, fuiste a hablar con la esquina, el segunda abrió la toalla y sacó el bálsamo de pantera y me llenó los poros de energía, y empezó el round y yo salté y pum, pum, pum... tácata: le pegué y le pegué y reculé y abrí la boca, y todo comenzó a apresurarse con un impulso que me desmandaba, pero como si fuera para atrás; como en una película al revés.

Ese gancho de izquierda del cuarto fue el que me jodió. Yo lo vi venir, pero me alelé, y allí fue cuando caí en la cuenta que todo estaba hecho: decidido. Pero tú no podías dejar que yo tirara la toalla, Charlie. Sigue, sigue, sigue... me dijiste. Había que seguir sin detenerse. El bálsamo de pantera me irritaba la garganta, volví a pegarme otra vez a la cuerda, y Johnson encima y encima... y yo dale que te dale y vuelve y pega. A la cuenta de seis comienzo otra vez a dar señales de vida; y yo no sé si tú notaste aquel destello multicolor que chisporroteaba en la otra esquina y que no me dejaba medir las distancias... pero ahí mismo fue que sonó la campana.

Me volviste a encerar la nariz y la frente con tu cebo de pantera, y eso me aceleró la hinchazón y me trancó la garganta y sentía que me asfixiaba de la picazón y empecé a tragar sangre, y es entonces cuando intuyo que las cosas se me escapan: que ya no habrá manera de parar el cuento ni mucho menos de darme la vuelta y descolgarme de esta ganzúa que me levanta sobre la mesa metálica, porque cuando estás cabeza abajo todo se desintegra tus pies.

"Charlie no lo sabe; no sabe lo de Alcibíades", me decías cabeza abajo. Y yo en mi esquina intentando ver a donde diablos se había metido Alcibíades, porque tenía la cara como una mazorca y apenas si podía distinguir entre el sabor de la sangre, el sudor y el agua jabonosa que resbala en corrientes por mi cuerpo. Más atrás de los párpados aún puedo ver las cosas. Las sillas están patas arriba, las toallas desafiando la gravedad y la idea de sentirme al revés me hace pensar en un abrigo volteado por las mangas que se cuelga en un armario como una res en matadero.

Así me figuraba yo las cosas: como una res despellejada oliendo a bálsamo de pantera, como un murciélago durmiendo la borrachera de sangre, ajeno a todos los murmullos de la hora y a todas las direcciones: arriba y abajo, afuera y adentro, muy lejos, más cerca; Charlie: tu allí, yo aquí, y el resto del mundo en sus pellejos, esperando que les toque el turno que le llegue la hora para poder saber por fin qué diablos es lo que les toca.

Han terminado de lavarme, Charlie. Ahora me secan. Me bajan de la ganzúa y me envuelven como un fardo en una sábana verde. Han encendido la televisión. Segundo asalto. Ortega coge aliento. Suena el séptimo. Otro campanazo y me acomodan en una camilla con ruedas. Abren las cortinas, encienden las luces, me están componiendo para la foto, levantándome la cabeza, girándome la barbilla a la derecha, a la izquierda... y *flash*, *flash* ahora sobre el pecho abierto, los muslos: *flash* otra vez, y tres o cuatro encuadres más por la espalda antes de que cierren las cortinas y me conduzcan a otra parte.

Viajo por un pasillo que no termina nunca. La transmisión sigue puesta, escucho: "último asalto" y el campanazo me hace suponer que estarás justo ahora mismo, en este preciso instante, Charlie, preparando tu equipaje en el hotel: el dinero, las tarjetas de crédito, el pasaporte, diciéndote frente al espejo que mejor imposible que todo salió a pedir de boca.

Tranquilo, Charlie: despacito. Así mismo sí... así... no hay por qué ir a la carrera. Ya todo está quedando bajo control. (Mi control...) ¿Te das cuenta? No, verdad... pero no importa. No te preocupes, no hay ya nada de qué preocuparse. En lo que sigue, todo corre por mi cuenta. Yo me encargo. Y es que aparte de mí, Charlie, nadie más que tú mismo sabe nada. ¿Recuerdas?

Listo. Ya está, mi hermano: se nos llegó el momento. Ahora cerciórate de que nadie —absolutamente nadie— te vaya a seguir el rumbo cuando empieces a bajar por esas escaleras. Y recuerda: no puedes dejar pistas ni cabos sueltos. Muy bien: ahora levántate. Pásate las manos por la calva y endereza bien el cuerpo. Lávate las manos y tira las colillas en el inodoro. Apaga el televisor: ya se acabó la pelea. Nadie excepto nosotros dos conoce la trama. Ni siquiera Alcibíades estaba enterado de lo del bálsamo de pantera... pero tú sí Charlie. Tú sí que lo sabías. Sabías que ese cebo me provocaría una reacción alérgica: un *shock* ana-fi-lác-tico. ¿Te acuerdas cómo se deletrea...?

Yo te advertí sobre Alcibíades y no me hiciste ni puñetero caso, me miraste con ojos de vete a hacer las tareas. Pero el chiquillo fuiste tú Charlie. Y sigues siéndolo. Me acabas de ver y metes un alarido espeluznante como si no fuera contigo la cosa. ¿Es que no saludas a tu socio? ¿Porque todavía somos socios, cierto? Tú y yo teníamos un pacto; una empresa común Charlie. Por eso empecé diciéndote que no vine por venganza... que vine por lo del negocio. Que en realidad vine a prevenirte... sí, sí: a prevenirte... pero, ¿cómo diablos me iba a imaginar que un hombre como tú se iría a morir del miedo?

PERPETUA

No basta con oír la música; además hay que verla.
Igor Stravinski

Nadie oyó jamás tocar a Perpetua con tanta soltura y dominio, como en aquel fulminante —y nunca mejor dicho— recital de flauta piccolo en el que a la vista de todos, de pronto, desapareció. Recuerdo el instante preciso en el que un zumbido de alas se apoderó de la audiencia. Era como si de repente se hubiese instalado un hechizo; una especie de oscilación, estridente pero magnífica, que parecía refundir los compases del *Vuelo del moscardón*, el clásico interludio operático de Nicolai Rimski-Korsakov.

Un maquinal instinto nos llevó a resguardarnos los tímpanos, ante aquel arrebato acústico que giraba como un torbellino. Las notas agudas del piccolo, el verde de las cortinas, el viento impulsivo de junio y esa cadencia rotunda que parecía volvernos locos, terminó por desquiciar el ambiente de aquella pequeña velada escolar, y cuando nos dimos cuenta... ¡Perpetua había desaparecido!

Cuando se hizo de golpe el vacío —y empezaron a oírse los gritos— pude escucharme a mí mismo chillar con los otros niños; y me vi saltar entre sillas, pasar por encima de mi hermana Sonia, y terminar, a saber, cómo arriba del escenario, donde empecé a buscarla al tacto, a mover todo lo que encontraba, a llamarla agritos: ¡Perpetua...! ¡Perpetua...! *¡Perpetua...!¡qué te hiciste? ¿dónde* estás? ¡aparece! explorando detrás de las puertas, las cortinas, los armarios. Busqué hasta dentro el piano, el atril, los taburetes, mientras notaba cómo la tarde se iba llenando de incógnitas, de dudas y de sospechas; de niños, maestros y padres tropezando sin concierto; de gente que entraba y salía sin aportar respuesta alguna ni administrar el asombro; porque es imposible —se decían— resulta irritante y molesto: tiene que haber algún truco, una trampilla bajo el suelo, una contraventana, un postigo, porque no es normal, qué locura, nadie desaparece a plena vista, y es que no son sino chiquillos... niños de escuela... criaturas... *¡Perpetua...! ¡Perpetua...! ¡Perpetua...!¡qué te hiciste? ¿dónde estás?* ...y yo azorado y mi familia (patrones del evento), nos quedábamos sin argumentos. Se notificó a las autoridades y a todos los colectivos: policías, perros sabuesos, bomberos, detectives, curas, peregrinos que al final no hallarían nada, porque Perpetua no apareció jamás.

Su flauta piccolo tampoco.

***

Quince años hace ya que desapareció la niña Perpetua. Y quince años llevo yo tratando de hallar respuestas. ¿Qué fue lo que sucedió? ¿Cómo puede alguien desaparecer, perderse para siempre, escabullirse a plena vista en medio de una velada escolar ante a un auditorio colmado por medio centenar de párvulos y frente a una plantilla docente de músicos, entre los que estaban mi abuela Nina, el tío Sergio, la señorita Eva y seguramente otros adultos: padres de familia y vecinos de los que ya no me acuerdo?

Un bonito escenario, unos niños cantores, un trío de cuerdas, el piano a cuatro manos y como plato fuerte: la piccolista. Se trataba de un simpático espectáculo infantil al que habían sido invitados estudiantes de un colegio local con el propósito de promocionar los nuevos cursos de verano de la Escuela de Música Lázaro-Zaytseva, que era el negocio de dos generaciones de mi familia en la villa. Al coro lo alcanzaron las cuerdas, en una impecable secuencia, y por fin salió Perpetua, la pequeña piccolista rusa, la huerfanita descubierta por Nina, vestida de verde oliva, con su carita de llanto, los dedos como arañitas acariciando su flauta, y la mirada detrás de la partitura, mientras soplaba las alas del mágico moscardón

Dicen que lo interesante nunca suele ser lo más sensato, pero ¿qué sensatez podría esperarse de una familia de músicos clásicos para quienes el mirar de manera sesgada había pasado de ser un simple pasatiempo para convierte en una obsesión? Tómenme a mí sin mucho riesgo, como alguien que hallándose en posesión de un buen punto de mira, y unos cuántos secretos (y a veces más que eso) captó en un instante fatídico una anormalidad fascinante de la que ya no pudo deshacerse jamás. Sí soy un obseso, perturbado, cabezota, machacón, maravillado y terco. ¿Y acaso no lo somos todos? ¿Quién hay que haya sido testigo de un portento que no se entregue a mirar por todas las rendijas, cuando al otro lado de inexplicable, la música y el color verde se confunden en un misterio inacabable? Lo digo porque acaso, abusando un poco de ese morbo que todos llevamos por dentro, hay quien haya querido conferir a este caso un matiz de esperpento, y se quiera hacer juicios de opinión en todas partes sin tener auténtica competencia en ninguna.

Vaya por delante que soy músico. Que la música me identifica más allá de lo que significa porque yo vengo de una familia de músicos con escasa imbridación fuera del gremio. Músicos hijos de músicos que se casaron con otros músicos que hicieron el amor con música, que procrearon hijos músicos y que al menor desafinamiento suelen echarse en cara los bemoles.

Mi árbol genealógico es una orquesta sinfónica armonizada por los cuatro costados: tres abuelos pianistas, padre y madre violinistas, hermana Vera violonchelista, tío Sergio flautista, tía Liliana arpista, tía Lidia soprano, primo Raúl director de orquesta, prima Tatiana compositora, y una cantidad de parientes más lejanos repartidos por todos los instrumentos en español y ruso. Sin embargo, muchos de mis recuerdos originales de Perpetua no tienen nada que ver con la música. Está el color verde, por ejemplo. Todos sus planos cuando la evoco, aparecen pintados de verde. De un verde crudo, aceitunado muy brillante y luminoso. Es lo primero que recuerdo de ella y también lo último que preservo. La faldita cetrina que llevaba el día en que llegó con mi abuela Nina a la escuela de música de la villa, y aquel vestidito verde oliva con el que desapareció de la escena. Verde era además la cartuchera de su flautín, el finísimo piccolo que trajo y se llevó.

Guardé en silencio estas dudas y fue sólo mucho años más tarde que se los mencioné a mi hermana; le hablé de los colores, pero Sonia no recordaba ningún tono de verde y no vio la iridiscencia de aquel vestidito vibrando en sol mayor. A los once años uno todavía goza de suficiente ubicuidad para procesar varios canales de percepción al mismo tiempo. A mí se me daban bien las expresiones: separar los gestos del habla; y como todos lo niños, entendía mucho mejor el lenguaje corporal que las palabras, por lo que las conversaciones de la época se me han grabadas mucho menos por su contenido, que por aquellas señales y muecas que iban de los manoteos a los remilgos pasando por las afectaciones. Ahora que lo pienso, todo lo que he conservado por años de esos primeros momentos tras la desaparición de Perpetua, se reduce a una estridente mezcolanza de aspavientos: el azoramiento de mi madre, los ceños fruncidos de tío Sergio, la impavidez de Nina, los guiños de Olga Pavlova... Nina Aleksandrovna Zaytseva era mi abuela. Casó con Serafín Lázaro, mudó de nación, cambió de lengua, crió a su familia en otra tierra, pero los aires musicales de su "Madrecita Rusia", aun en el cruce de otros aires, jamás dejaron de abanicarla. Nina fue la única que mantuvo puesto el gesto, sin excesos ni lamentos; fue ella quien matizó las voces cuando a la incredulidad sucedió el desatino que a la postre se convirtió en reconcomio. Nina se hizo cargo de todo desde el mismo instante cero: subió a la habitación de Perpetua, la recuerdo, y se ocupó de buscar posibles pistas entre sus pocas pertenencias.

Sucedió justo después de que los niños se marcharan y de que Sonia y yo fuésemos obligados a subir a nuestras habitaciones, pero antes de que atestiguáramos muchísimas más cosas, entre estas, la manera cómo la desesperación se fue apoderando de la familia Caraus con curiosos (y nunca superados) resultados. A mi madre jamás le gustó la picrolita. Tengo muy grabados sus gestos y el tono de su voz eléctrica cuando circulaba entre los dos pianos: el de Nina y el de tío Sergio, blandiendo el arco de su violín.

—Fue cosa de magia, Olga —decía Nina muy seria—. Magia que tú no entiendes y que yo no te puedo explicar.

Nina, con sus inquietos ojillos eslavos y aquel tartamudeo sentencioso con el que intentaba filtrar los acentos, era la única que parecía querer interrogar todas las posibilidades del suceso. La abuela, después de todo, había sido quien había traído a Perpetua a casa desde los subterráneos callejeros de Madrid, donde la había encontrado pidiendo limosna y tocando como los ángeles su pequeña flauta: el piccolo Una chiquilla rusa con carita de duende asustado, quizás con un par de años menos de esos dieciocho que declaraba; sin pasaporte ni documento de identidad personal alguno más allá de su nombre: Perpetuya Petrovna Volnova; rubita, graciosa y flacucha, con una liviana mochila en la espalda en la que cargaba alguna ropa, tres cuadernos de partituras, un álbum de fotografías, una cajita cerrada con llave y el estuche de piel negra en el que guardaba su tesoro absoluto: el piccolo; y era, por cierto, un bellísimo instrumento: con cabezal y cuerpo de madera, llaves chapadas en plata y resortes en berilio cobrizo.

—A que se la llevaron de vuelta los *matrioshki.*

¿Quiénes más? Los *matrioshki*, sí. Así les llaman porque son como esas muñequitas típicas rusas que se encestan una en la otra. Disipada en la tiniebla de la cosificación sin nombre, la corta existencia de Perpetua apenas si se retrataba en el álbum de familia que la acompañaba en la mochila: un hogar moscovita de músicos clásicos venido a menos desde el final de la era soviética; una madre violinista dada de baja en la Filarmónica, un padre virtuoso del piccolo, aquejado de tuberculosis, un hogar en el que de pronto ella y sus hermanos estaban en la miseria, y la aparición (¡oh, tan oportuna!) de aquella mano extendida que la había engatusado con promesas laborales en España, y que una vez tocado tierra se le había ensortijado al cuello en una empuñadura feroz de la que parecía imposible escapar. Y sin embargo lo había hecho. Perpetuya Petrovna acechó la ocasión propicia: apenas una rendija, un bostezo del cancerbero, un descuido de los cien ojos para echarse a correr por una ciudad incógnita, apostar por cualquiera ruta del metro madrileño y plantarse a hacer aquello que mejor hacía: tocar el piccolo. La casualidad (¿o fue pura sincronía?) se habían ocupado del resto y haciendo que Nina Alexandrovna pasara justo por allí. No se podía ignorar lo que era real. Los *matrioshki* eran reales. También era muy real (y sospechosísima) una furgoneta blanca que todos habíamos visto ir y venir en ronda, pasar despacito y estacionarse, por horas, calle arriba o calle abajo. Yo mismo los había sorprendido haciendo fotos de la fachada, del portal de entrada, de las ventanas del piso de arriba, de la planta baja donde funcionaba la escuela de música; fotos de los alumnos y de los clientes; fotos de todos los de la familia... y fotos sobretodo de Perpetua. De modo que era eso. Los traficantes la habían vuelto a atrapar en su redil. Tío Sergio y mi madre ofrecieron las razonamientos de aquella explicación que era sin duda natural y que conjugaba todas las incógnitas con bastante sentido. Por un momento se quedaron quietos, parecían muy satisfechos cruzándose las miradas y buscando los ojos a Nina, quien los desautorizó de un suspiro, y mi hermana y yo comprendimos —como sólo pueden comprenderlo los niños— que habían quedado atrapados en un dilema insuperable, porque una de dos: o los *matrioshki* habían conseguido (por artes de magia) "tele transportar" a Perpetua en nuestras propias narices, o Perpetua se había "tele transportado" a sí misma (también por artes de magia), lo cual no era menos extraordinario.

Tenía razón Nina. Era cosa de magia. Magia que muchos aún no comprendemos.Y así fue que tras período de preguntas sin respuestas, los nunca resueltos sucesos concernientes a la desaparición de Perpetua, se disolvieron en las trastiendas de la familia Lázaro, donde muchas cosas sucedieron y otras quedaron pendientes, sin que jamás se volviera a saber nada de Perpetua. El niño que era yo creció y provocó a las furias, hizo alguna carrera en la música y aprendió a tocar el piccolo, pero no consiguió declarar sus fronteras, ni pudo llegar a deshacerse de esa parte del recuerdo en ninguno de los lugares en tránsito que continuamente abandonaba. Muchas de las imágenes siguen todavía escondidas, perdidas entre el murmullo o desfiguradas por los ecos. *¡Perpetua! Piér-pe-tuia...* ese nombre aún me sigue acosando entre líneas, como el personaje de un viejo libro muchas veces leído, con una mezcla de nostalgia, reproches e invenciones; como se recuerdan los héroes de un cuento infantil cuyo contenido ya no tiene poder, pero sigue llenando un vacío.

Perpetua tenía raramente una mirada directa. Si se le hacía una pregunta, ella volvía la cabeza despacio, como buscando en otros ojos el reflejo de los suyos; y a ratos (solo a ratos) parecía caer en la cuenta de que era, en efecto, un prodigio musical como aseguraba mi abuela Nina, y eso la hacía atender el atril, manosear sus partituras, y cuando el flautín entraba en contacto con sus dedos y sus labios otra realidad la poseía. Perpetua Petrovna Volnova fue para mí una trampa esquiva. La incógnita que me atalayó los pasos desde algún lugar del tiempo. Y como un ratón que rebusca por rutina y malamaña, me acostumbré a escudriñar cada gesto del camino, a escarbar las contraseñas que hay detrás de las palabras, husmeando entre los perfiles, convidando variadas fórmulas, y calentándome en los rescoldos de mi propia incertidumbre. Siempre es Perpetua la que se esconde: la que aparece y desaparece. Es siempre aquella niña prodigio, abusada y perseguida que más que hablar concentraba con su música otras lenguas. Es aquel vestidito verde que vibra y se escapa al vuelo; y es otra vez mi voz la que sigue retumbando ya sin eco: *Per-pe-tua, Per-pe-tua*... termino separando las sílabas.

Entre los niños, Perpetua llegó a ser la favorita en la escuela musical de mis mayores. Sabía cómo entretenerlos mientras les enseñaba a tocar el piccolo, congregando a su alrededor curiosos círculos de gente menuda. Los niños suelen ser impredecibles como pupilos, pero son excelentes como auditorio. Por breves momentos, pueden incluso llegar a ser un público cautivo, aunque su atención no dure lo bastante para completar una función muy larga, y suele pasar que en un corro interior, cuando se le hace escuchar entre juegos, queden tan fascinados por las palabras como por los sonidos y gestos.

Gestos... sí. Más que nada eran gestos. Cuando no estaba rodeada de niños, Perpetua, la piccolista, se plantaba junto a la ventana de la pequeña habitación del ático (donde dormía) a practicar su instrumento. Y aún me parece que lo que hacía no era propiamente tocar, (porque ningún soplo salía de su boca) sino mover los dedos sobre el tubo como en un ejercicio de agilidad. El piccolo es un instrumento musical muy peculiar: por su tonicidad de cuerpo, por su riqueza de vocabulario y porque es capaz de simular con gran asombro la realidad: el revoloteo de un ave, la voracidad de una tormenta, el chasquido de un relámpago, el vuelo de un abejorro...

(Y fue entonces que lo supe). Y es por eso he llegado hasta aquí.

Es el lugar perfecto. A mis espaldas viene colgada la mochila con la cajita de madera que Perpetua quiso dejar escondida en el baúl de mis juguetes. En su interior viaja la partitura (que ahora sé que es apócrifa) de *El vuelo del abejorro* de Rimski- Korsakov.

Ignoro hacia qué ámbitos me trasladarán sus armonías. Sólo sé que el color verde era de cierto la clave Que hay un moscardón que bate alas y que es la quintaesencia de la luz. Y que cuando mi piccolo alcance ese sonido primordial, Perpetua me pertenecerá por fin, y para siempre.